나절로 인생

수촌거사 칠순 문집

나절로 인생

장동범 지음

산지니

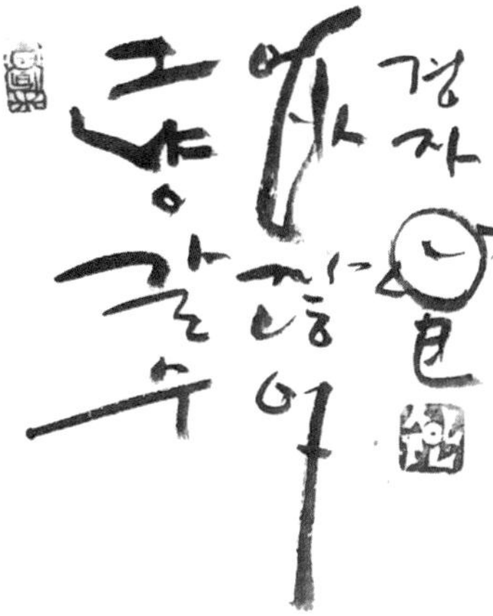

진실은 두려움 없는 것이다

壽村 장동범의 글이 마음 닦는 행주였음 싶다 (수안)

글머리에

나절로 살며

인생 칠십이 흔한 일이 되었지만 맞이하는 저마다의 감회는 남다를 것이다. 10년 전 이순耳順 때 고희古稀의 나이에 대해 아득히 여겼지만 막상 이르고 보니 세월과 노년에 대한 생각이 엄중해진다. 주위 연배 지인들은 비로소 인생의 참맛을 아는 나이라고 격려해주신다.

나이 따라 사는 법에 대해 논어만큼 많이 인용되는 사례도 없겠다. 공자는 "70세가 되어서는 마음이 하고자 하는 대로 따라도 법도를 어기지 않았다"(「위정편」) 했다. 물론 나이 들어 마음대로 살아도 된다는 게 아니라 사회 통념이나 이치에 맞게 살되 안분지족 하는 마음으로 살아야 한다는 여운이 깔려 있다.

지난날을 돌아보니 우여곡절이 전혀 없었던 것은 아니지만 대체로 열심히 살아왔다고 자부한다. 소신껏 일하고 하고 싶은 일 하며, 누가 시키지도 않았는데 시를 짓고 길고 짧은 글로 자기표현을 꾸준히 해왔다는 점에서.

그 가운데 시는 사이사이 시집으로 엮어 주위 사람들과 나눠 보았고, 30여 년 언론인의 소회를 적은 칼럼집도 냈으나, 산문散文은 말 그대로 이리저리 흩어져 있어 때가 되면 묶을 필요가 있었다. 책을 내기 위해 지난 연말께부터 글을 정리하다 보니 주절 주절 많이도 썼다 싶다. 그러나 내가 좋아, 하고 싶은 말 쓴 것이니 어쩌랴? 그 또한 삶의 일부인 것을….

하여 “산 절로 수 절로 산수 간에 나도 절로/절로 자란 몸이 늙기도 절로 절로”처럼 살고자 하는 마음에 문집 이름을 짓고, SNS로 10년(1천 회) 가까이 소통하던 글과 이미지 일부를 ‘스마트폰을 열며’라는 이름으로 선보이며, 대학 강단에서 썼던 칼럼(경성대 인터넷 언론 〈시빅뉴스〉)을 묶어 오프라인 활자로 내게 돼 가슴 뿌듯하다.

우리는 어딘지 모르지만 왔고 어딘지 모르지만 간다. 그래서 세상살이는 고단한 나그네이기도 하다. 나는 ‘나그네는 길에서 쉬지 않는다(天无絶人之路)’는 말을 좋아한다. 비록 ‘고향에서 고향 찾는 나그네’일지라도 앞으로 고향의 궁극적 의미를 좀 더 알아보고자 한다.

흩어진 글을 반듯하게 엮어 책으로 내는 데 물심양면 도움을 준 가족, 특히 글씨와 표지화 등을 흔쾌히 내주신 수안 스님! 그리고 산지니 편집진 여러분에게 감사의 말씀 드린다.

2021. 5

수촌 장동범

차례

3부 강단에서

4부 책갈피

5부 시에 관하여

1부

스마트폰을 열며

귀가 순해진다는 것은

눈만 뜨면 꽃은 피고 지고, 지하철 승강장 또는 찻집 입구에서도 시를 만난다. 또 눈만 뜨면 온갖 사건, 사고가 잇따르고… 세상은 생각하기에 따라 극락이고 아수라다.

오랜만에 공짜 지하철을 타고 서면에 나가 몇권의 읽을 거리 책을 사고, 육개장으로 늦은 점심을 때우고 가끔 가는 찻집에 들렀다. 옆자리에는 칠순 넘은 우바새 세 사람이 차를 마시며 불교에 대해, 절집 살림살이와 승가에 관해, 선禪에 관해, 또 깨달음의 어려움에 대해 주위를 아랑곳 않고 큰소리로 말하고 있었다.

나는 산 책들을 뒤적이며, 앞서 서점 서가에 꽉찬 책들 앞에서도 기 죽지 않았는데 그들의 끝없는 요설과 떠드는 소리에 기 죽다가 차츰 귀에 거슬리고 차맛 또한 잃어 그만 찻집을 나왔다.

사람들이 도대체 얼마나 똑똑하고 아는 체하는지! 그들을 반면교사 삼아 저자에서도 고요할 수 있는 요선鬧禪의 경지와, 이순耳順의 나이가 한참 지나고도 귀가 순해지지 않는 자신을 되돌아본 평일 오후였다.

(2019. 5. 31)

병원 가는 길에

모차르트 피아노 협주곡 21번 C장조 케헬 467, 2악장, 일명 '엘비라 마디간', 피아노 게자 안다. 얼마 전 아내와 함께 병원 가는 길에 흘러나온 FM 라디오 음악이다.

웬만한 클래식 애호가라면 모차르트 음악 분류에 케헬을 쓴다는 것은 상식인데 이처럼 곡명을 길게 나열한 것은 디지털에 대한 어떤 감흥 때문이다.

사실 병원 간다는 것은 몸에 이상이 생겼기 때문이며 그 과정에 이래저래 만감이 교차하기 마련이다. 평정심을 갖고자 라디오를 들으며 신호대기 중, 시험 삼아 아들이 병문안차 집에 들렀다가 깔아준 스마트폰 앱을 갖다 대었더니 아, 똑같은 연주자의 음악이 뜨고 폰에 저장까지 되지 않는가!

놀라운 디지털 경험을 한 뒤 시간 날 때마다 저장 음악을 들으며 그날의 감흥을 되새긴다. 이사 뒤 새로 설치한 아날로그 오디오와 LP판들은 점점 먼지만 쌓여가고….

0과 1의 디지털 세상에서 아날로그인인 우리는 디지털 언어(리터러시)는 모른 채 점점 디지털 유목민(노마드)이 되어간다.

(2019. 6. 24)

곡
동영상
관련
MOZART
ANO CONCERTO No 20
No 21 "Elvira Madigan"
a Anda, piano · conductor
Wiener Symphoniker
VIENNESE CLASSICISM
Piano Concerto No. 21 In C Major, K. 467, "Elvira M...
Geza Anda
2,361 Shazam
MUSIC
열기
다음 항목에 추가

모든 산봉우리에 휴식 있노라

내가 아는 어느 시인은 "시인이 되고자 시를 쓰지 말고, 좋은 시를 쓰기 위해 시인이 되어라"고 조언한 바 있다. 전적으로 동의한다.

사실 상당수 시인들이 자기 위로 수단으로 시를 쓰고, 또 자기 시에 대해 나르시시즘에 빠진다. 물론 자기애가 없으면 '돈 안 되는' 시 쓰기도 어렵지만….

특히 시상이 떠오르지만 제대로 표현되지 않을 경우 끙끙대며 골치 앓는 것보다 남의 좋은 시와 읽고 싶은 시를 읽는 것이 훨씬 낫다.

그 예가 최근 읽은 괴테 시집이다. 「서동시편」이 포함된 그 시집은 괴테가 여행 중 그린 그림도 다수 싣고 있고, 그중에는 베스비오 화산 폭발 당시의 삽화도 포함하고 있었다!

『파우스트』, 『젊은 베르테르의 슬픔』, 『빌헬름 마이스트의 편

력시대』 등 괴테는 소설로도 유명하지만 나는 고등학교 독일어 시간에 배운 괴테의 아래 시를 좋아한다. 특히 마지막 구절이 자꾸 뇌리에서 맴도는 즈음이다.(한글 졸역)

Wandrers Nachtlied II(소야곡 2)

Über allen Gipfeln
Ist Ruh,(모든 산봉우리에 휴식 있노라)
In allen Wipfeln
Spürest du
Kaum einen Hauch;(모든 우듬지에 여린 숨결 그대 느끼지 못하리니)
Die Vögelein schweigen im Walde.(새들은 숲에서 잠들고)
Warte nur, balde
Ruhest du auch.(잠시만 기다려라 그대 또한 쉬게 되리니)

(2019. 7. 18)

시작 메모

비 오는 날 거미줄을 보았다. 허공에 지은 집에도 빗방울이 방울방울 맺혔다. 빈집 지키는 거미가 외롭게 보였다. 거미로서는 공치는 날인 셈이다.

여섯 번째 시집 『바람소리 혹은 낚詩』(2012년 간) 시화전 때 「공친 날」이란 졸시와 안기태 화백의 삽화가 생각난다. 굳이 제목을 붙이자면 '공친 날-2' 정도가 되겠지?

아! '거미줄'이란 또 다른 시도 이미 한 편 써 놓았다. 언젠가 선 보이겠지. 장마철 무명시인이 살아가는 모습이다.

(2019. 7. 29)

우물쭈물할 겨를이 없다

"우물쭈물하다가 내 이럴 줄 알았다"

(I knew if I stayed around long enough, something like this would happen.)

여전히 인구에 회자하고 있는 버나드 쇼의 유명한 묘비명이다. 직역하면 "오래 살다 보면 이런 일(죽음) 생길 줄 내가 알았지" 정도가 되겠다. 대표적인 오역의 사례인데도 사람들은 왜 '우물쭈물하다가~'라는 이 의역문을 좋아할까?

짐작건대 독설가로 잘 알려진 극작가 버나드 쇼의 시니컬한 어법에 비추어 죽음에 대해 아무런 마음의 준비 없이 살아가는 노년에 대해 일종의 경구로 삼고 싶은 심리가 깔린 때문이 아닌가 한다.

그럼에도 불구하고 '우물쭈물~'을 이 글의 제목으로 삼은 건 최근 부쩍 잦아진 고등학교 동기들의 부음과 개인의 건강 문제 때문이다. 동기회 총무의 통계에 따르면 동기 480명 중 현재 유명을 달리한 사람은 10%인 48명(2019년 6월 기준)이나, 연락이 끊기고 모임에 거의 참석하지 않는 경우를 감안하면 한 반(60명)을 웃돌고, 앞으로 2~3년 후 나이 일흔이 넘는 시점에는 사망률이 급격히 올라갈 것으로 보고 있다.

나는 최근 예후가 극히 안 좋은 소화기 계통에 종양이 생겨 응급처치를 받고 입원, 통원 치료를 계속하며 다행히 큰 고비를 넘겼지만 좋아하던 술을 끊었다. 술, 담배, 여자, 밥 네 가지 중 하나(곡기)만 남긴 셈이다. 따라서 가능한 한 대인관계를 자제하며 '까치수염'을 기르기 시작했다. 금주에 대한 일종의 자기 다짐을 하면서 삶에 대한 성찰의 시간을 많이 갖기 위해서다.

돌아보면 가난한 집에서 태어났으나 성년 이후 지금까지 많이 누리고 산 편이었고 남은 생에 특별한 욕심은 없다. 다만 독서와 그런대로 봐줄 만한 글을 좀 쓰고 싶고 주변을 정리하며 앞으로 내게 닥칠 일들을 담담하게 받아들이는 마음의 여유를 갖고 싶은 것이다.

따라서 쓸데없는 일에 간여하거나 화를 못 참고 자기 생각을 남에게 강요하는 자리는 가능한 한 피하고 싶다. 노후를 탐진치 삼독에 빠져 '우물쭈물' 살기에는 우리에게 온전한 시간이 그렇게 많이 남아 있지 않다.

끝으로 작고한 소설가 박완서의 드문 시 몇 구절을 소개하며 맺는다.

혼자서 일어나고
좋아하는 사람들과
웃으며 이야기하고
함께 식사를 하고
산책을 하고

그런 소소한 일상이
기적이라는 것을 깨달을 때는
대개는 너무 늦은 다음이라는 점이 안타깝다

-박완서(1931~2011)의 시 「일상의 기적」 일부

(2019. 9. 5. 고교 동기회보 〈학연〉 9월호에 실린 것을 조금 고침)

고운 떡갈나무 단풍

떡갈나무 단풍 아래 드니 맑은 햇살 아래 물든 잎들이 그렇게 고울 수 없었다. 떡갈나무 단풍이라니! 잘 물든 잎이 꽃보다 예쁘다는 자위 섞인 말을 실감했다.

지난 5월부터 시작한 신병 치료가 일단락됐다. 황달에, 급성 패혈증에, 고혈압에, 담도가 막히며 담즙 역류에, 오랜 금식에, 링거 수액을 5~6개씩 달고… 반 년 넘게 나고 처음 경험한 병고로, 또 예후가 극히 나쁜 병세에 가족들의 걱정이 앞섰지만 꾸준한 치료와 운동, 섭생, 대인 접촉을 줄인 금주 덕택에 마침내 수치가 정상으로 돌아왔고 환부도 말끔해졌다. 담당 의사는 6개월 뒤 다시 보잔다.

생로병사의 고통에서 벗어날 수 없지만 병은 건강검진 등 사전 체크가 중요하며, 일단 걸리면 '병을 양약 삼아' 받아들이는 자세가 중요하다.

공원 단풍 길을 걸으며 재활의 감회가 남달라 몇 자 적어보았다.

(2019. 11. 8)

한가하게 거한다

또 한 해가 가고 한 해가 왔다. 이 즈음이면 사람들은 서로 바람을 주고 받는다. 건강과 행복과, (짓지도 않은) 많은 복과, 심지어 부자 되기까지….

수안 스님께 세밑 인사를 갔다가 달력, 춘방과 함께 작품 한 점을 받았다. '때때로 한가하게 거한다(時時閑居)'로 풀고 바쁜 세상에 '시시한거'라 읽는 데 묘미가 있다.

아울러 연말에 입적한 한 스님의 불이법문도 되새긴다.

깨달음은

일체가 자기 아님이 없음을 보는 것입니다.

남이 바로 자기 자신이며

자신과 다르지 않습니다.

남의 고통을
자신의 고통으로 느끼는 사람이
깨달은 사람입니다.
중생이 불행하면
자신이 행복할 수 없습니다.

중도의 깨달음은 사랑
진정한 사랑입니다.

-봉암사 수좌 적명 스님(1939~2019) 법문

(2020. 1. 1)

무명시인의 하루

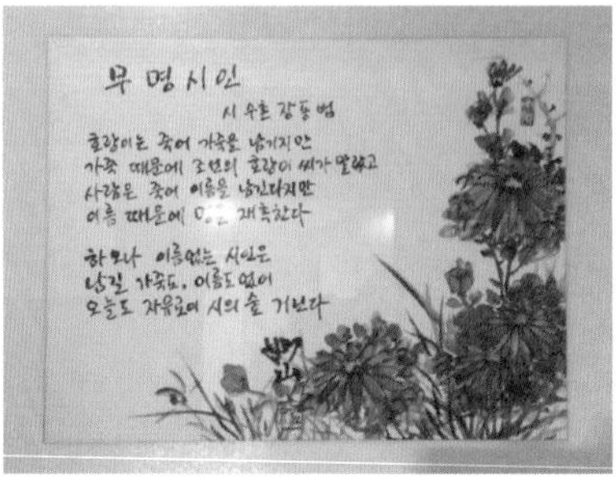

퇴직한 지 꼭 10년이다. 백수로 사회 적응에 걱정도 없지 않았지만 나름 연착륙했다고 자부한다. 게다가 술을 멀리하니 씀씀이도 줄어, 크게 아프지만 않으면 국민연금으로 자족한다.

아침에 산책하고, 아내가 마련해주는 우유, 견과류, 떡, 과일을 먹고, 국악인 김영동의 명상음악과 함께 향, 차로 개인 예불을 올린다. 신문과 책을 보고, 습작시도 가다듬고, 오후에는 TV와 인터넷 법문, 강의 시청 등으로 온전한 내 시간을 보낸다.

외출도 하고 모임도 월 몇 차례 있지만 일상을 굳이 소개한 것은 단순한 생활에서 오는 낙을 강조하고 싶기 때문. 하여 시간에 늘 쫓기는 분들, 괴테의 시구처럼 조금만 기다리시라! 시간 주체 못할 때가 언젠가 온다.

호랑이는 죽어 가죽을 남기지만
가죽 때문에 조선의 호랑이 씨가 말랐고
사람은 죽어 이름을 남긴다지만
이름 때문에 명을 재촉한다

하오나 이름없는 시인은
남길 가죽도, 이름도 없어
오늘도 자유로이 시의 숲 거닌다

–졸시 「무명시인」 전문

(2020. 1. 16)

내 안으로의 여행

경을 보는 것을 간경看経이라 하고 염불, 기도, 참선과 함께 중요한 수행으로 친다. 본다는 의미가 단순히 읽는 독경에서 마음을 모아야 해 그만큼 어렵다.

지혜의 경전 금강경은 이 경을 받아 지녀 읽고 외우고 베껴 쓰고 다른 사람에게 말하는(수지독송서사설) 공덕이 삼천대천 세계를 칠보로 장식하는 것보다 크다 한다.

따라서 경전 읽기 사이사이에 간식처럼 볼거리, 읽을 책이 쌓여 맑은 날에 경, 흐린 날에 서書는 아니더라도 심심할 겨를이 없다. 필요한 책은 새책, 헌책 할 것 없이 온라인으로 주문하면 할인가에 집까지 배달해주는 편리한 세상 아닌가?

어디어디 다녀왔다고 자랑하기 좋아하는 사람들에게 요즘처럼 답답한 시절이 없을 거다. 그런 면에서 피코 아이어의 간결한 책 『여행하지 않을 자유』는 마음에 와닿았다. 아무 데도 가지 않기가 주제이면서 원제목 'The art of still'은 세상에서 가장 넓고 깊은 고요한 마음 여행 기술임을 암시한다.

세상은 이야기이고 이야기의 텍스트는 사람이며 사람의 원텍스트는 마음이다. 마음은 세상을 담는 커다란 그릇이라 할 수 있다. 심지어 우주보다 큰 것이 마음이라 하지 않는가?

오감 중 시각이 70%를 차지한다 한다. 따라서 아직 잔글도 밝은 곳에서 돋보기 없이 볼 수 있을 때 봐두기로 한다. 경 외에도 『다석 강의』, 『한국통사』, 『사피엔스』 등 서가에 꽂아두기만 한 먼지 가득한 책들….

(2020. 4. 27)

불란서 빵집 앞에서

며칠 전 동네 한 바퀴 돌다가 빵 굽는 냄새에 끌려 불란서 빵집 앞에 걸음을 멈추었다. 오전 9시 10분 전, 문 여는 시간까지 가게 앞에서 기다리며 잠시 지난 시절로 돌아갔다.

마르셀 프루스트의『잃어버린 시간을 찾아서』, 마들렌 빵 향기를 매개로 과거의 흘러간 시간을 복원하는 의식의 흐름 기법의 소설, 그리고 앙드레 말로의『왕도』, 생텍쥐페리의『야간비행』과『어린 왕자』다운 실종, 샤르트르와 실존주의 철학 등등….

고등학교 2학년 국어시간, 깐깐하고 엄했던 선생님은 입시와 무관한 내용이었지만 꿈 많은 학생들을 자유와 상상의 문학세계로 이끌어주시곤 했다. 대학 진학 뒤 서점에서 프루스트의 예의 소설 첫 머리 '스완의 집 쪽으로'를 읽다가 장황한 전개와 분량에 눌리어 읽기를 포기하고, 선생님의 강의 내용도 김붕구 교수의『불문학개론』에 고스란히 실려 있는 것 또한 확인하고….

그러나 나는 불란서 빵집에서 진열장의 작은 마들렌 빵은 냄새만 맡고, 갓 구워 고소하고 바삭바삭한 크루아상 한 봉지를 사들고 아내가 기다리는 집으로 발걸음을 재촉했다.

(2020. 9. 14)

ANGERIE
CROISSANTS
TOUT AU BEURRE

가을 햇살

시절이 수상해도 거실 깊숙히 찾아온 손님, 아침 햇살이 따스하니 가을이다. 가을 햇살이 반가운 것은 연초부터 코로나 여파가 이어지고 긴 장마와 태풍으로 신산해진 삶에 계절의 순환만은 어김없기 때문이다.

산책길에 하늘을 자꾸 올려다본다. 아직 높푸르지 않고 흰구름만 그저 무심히 흐를 뿐이다. "이것이 생기니 저것이 생기고, 이것이 사라지니 저것 또한 사라진다." 연기생멸의 법칙.

억새 사이로 반짝이며 저무는 햇살과 서늘한 바람에 문득 비탈리의 〈샤콘느〉 바이올린 음이 생각났다.

(2020. 9. 25)

꽃무릇 유감

꽃만큼 사람의 감정 이입이 심한 식생도 없을 게다. 특히 개화와 잎 나는 때가 달라 붙인 상사화의 대표적 꽃이 꽃무릇이다.

낮은 자리에서 저희들끼리 옹기종기 한 열흘가량 피었다 속절없이 지는 이 꽃 무리를 보노라면 사랑을 못 이룬 젊음처럼 처량하기 그지없다.

그러나 젊음과 개화 자체가 비할 바 없이 소중한 것임을 지나면 알기에 3년 전쯤 블로그에 꽃무릇에 대한 자작시를 올렸다가 아차 했다. 발표 전 작품이었기 때문.

지금도 꽃무릇이 필 때마다 나르시스처럼 이 시가 생각나 다시 원문 그대로 올린다.

몸이 꽃인 적 있었다

몸이 꽃인 꽃들 끼리
붉게 모여
주위 환한 적 있었다

온 몸이 꽃인 줄 모르고
아쉽고 그리운 정에
마음 시린 적도 있었다

그러다 잎 나기 전
꽃잎 마저 시들자
이내 잊히고 말았다

청춘은 그렇게 지나갔다

–졸시 「꽃무릇」 전문(2018 부산시문학 사화집)

(2020. 10. 5)

파도처럼 잠깐의 흐름

바람이 몹시 분다. 파도가 끝없이 일고 스러진다. 하지만 파도는 물을 떠나지 않는다(波不離水). 우리 삶에도 끝없이 파도가 인다.

> 파도는 물 위를 움직여 가지만 한 방울의 물도 나르지 않습니다. 이 파도란 무엇일까요? 파도는 지속적인 물질로 이루어져 있지 않다는 의미에서, 대상이 아닙니다. 우리 몸의 원자들도 우리에게서 흘러나갑니다. 우리는 파도처럼 그리고 모든 대상들처럼 사건들의 흐름입니다. 우리는 과정입니다. 잠깐 동안만 한결같은…
>
> -『보이는 세상은 실재가 아니다』 중에서

양자역학에 대한 이론 물리학자 카를로 로벨리의 아름다운 글이다. 그는 "자연의 사실들은 오로지 관계 속에 그려지는 것"이라며 "사물이 있어서 관계를 맺게 되는 것이 아니라, 오히려 관계가 '사물'의 개념을 낳는 것"이라고 말한다. 또 "인간의 본질은 신체의 물리적 구조가 아니라 그가 속한 개인적, 가족적, 사회적 상호작용의 연결망에 의해 주어진다" 한다.

시공에 대한 이론서이지만 나는 카를로 로벨리의 이 책과, 시간에 대한 저술(『시간은 흐르지 않는다』)을 두 번째 읽으며 시간의 상대성과 우주를 이루는 물질이 단순히 고정불변이 아니라 상호작용에 의해 끊임없이 변한다는 불교의 원리와 맞닿아 있음을 알았다.

위 현상으로써 파도의 성격과 인간과 사물에 대한 성찰은 금강경 4구게 중 "일체유위법 여몽환포영"과 삼천대천세계의 인드라망 구조와 닮아 있기 때문이다.

(2020. 10. 9)

끼리끼리 어울리며

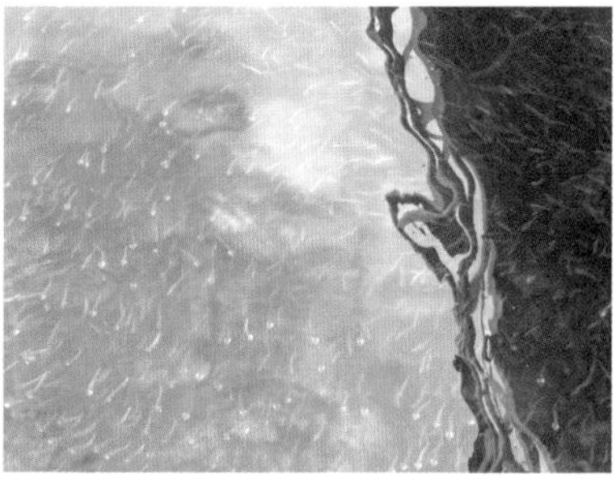

아침 바닷가 산책길, 맑은 물속에 수많은 고기떼가 한몸처럼 날쌔게 움직이는 것을 본다. 이들의 생동감 넘치는 모습에 생명의 경이를 느낀다.

최근 읽은 다윈의 『종의 기원』 해설서에서 종種이란 상호 교배 가능하며 종족을 퍼뜨릴 수 있는 생명나무의 최소 단위로, 현생 인류(호모 사피엔스)도 결국 자연 선택에서 비롯한 적자 생존의 결과라고 말하고 있다.

그러나 다윈은 생존 경쟁은 먹이와 환경이 비슷한 같은 종끼리 치열하게 일어나며, 육지와 멀리 떨어진 갈라파고스(육지 거북을 뜻하는 스페인어)섬의 새들은 치명적인 피해를 입히는 사람을 무서워하거나 피하지 않을 만큼 순수했다고 밝히고 있다.

불과 170여 년 전까지만 해도 지배적인 '창조론'은 지구의 나이가 길어야 1만 년밖에 안 되고, 인간은 영장류가 진화한 게 아니라 하나님의 형상을 본떠 만든 독립 개체임을 철석같이 믿었다.

우리는 과연 끼리끼리 어울려 살며 주위와 경쟁하여 진화하는 종인가, 아니면 48억 년 지구 역사에서 잠시 반짝이다 사라질 종인가?

(2020. 11. 6)

멈추어 보는 지혜

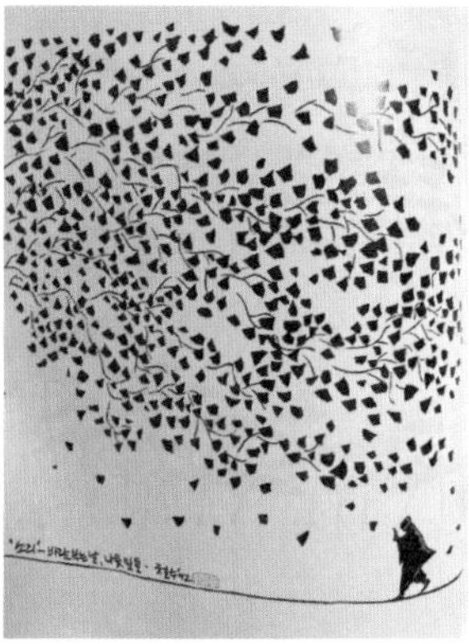

코로나로 시작해 코로나로 한 해가 저무는 불확실한 시절, 소의 되새김처럼 지난날을 되돌아보면 우리 모두 참 바쁘게 살았다 싶다.

이제 술 멀리하니 자연 사람도 멀어지고 거리두기로 모든 관계가 소원해지며 혼자 있는 시간이 많아진다. 남는 게 시간이지만 새벽 잠 깨면 전전긍긍 생각이 많아지고, 앉아서도 생각의 말을 달리며(좌치坐馳) 온전한 나로 있기 어렵다.

책 제목 하나로 밀리언 셀러가 된 어느 스님의 소유와 관련해 세간에 말이 많다. 인세로 얼마를 버는지 잘 모르지만 3백만 부 이상 팔렸다는 그의 책을 다시 훑어봐도 글이 부드럽고 달아 내 입에는 별로다.

고려 말엽, 승가가 크게 문란해지자 보조국사 지눌 스님을 필두로 정혜 결사운동이 일어났다. 핵심은 멈추어(止) 보자(觀)는 것이다. 멈춤은 선정(定), 봄은 지혜(慧)로 이어지는 육바라밀의 핵심 덕목. 둘은 정혜쌍수, 하나로 닦아야 한다 한다. 근래 그 결사를 이어받은 이가 퇴옹 성철 스님이었다.

앞서 언급한 스님은 책 서문에서 "삶의 지혜란 굳이 내가 무언가를 많이 해서 쟁취하는 것이 아니고 오히려 편안한 멈춤 속에서 자연스럽게 드러난다"(『멈추면, 비로소 보이는 것들』) 했다.

나는 말랑말랑해서 느끼하기까지 한 그의 책을 밀쳐두고 이철수 판화집(『배꽃 하얗게 지던 밤에』)과 법정 스님 발문을 다시 본다. 여백의 맛이 담백하고 역시 마음이 편하다. 멈추어 보는 지혜!

(2020. 11. 30)

과거로의 여행

오늘은 동지. 긴 밤에 지난 것을 돌아보는 시간이 많아졌다. 일흔 앞둔 나이 탓이기도 하지만 시절이 수상하니 더욱 그렇다.

타임머신을 타고 과거로 돌아가 바루고 싶은 게 어디 한두 가지일까마는 SF에서나 가능한, 불가에서는 인과법을 거스르는 일이다.

말 포획과 활 쏘는 기마병, 작은 그림 두 점이 과거로 안내한다. 2003년 여름인가? 밤하늘 별 보러 몽골에 갔다가 으문 고비(남쪽 사막) 울타리 없는 비행장 부근에서 어떤 화가에게 기념으로 샀다.

말 타기, 게르 옆에서 백야에 책 읽기, 쏟아질 것 같은 고비 밤하늘의 초롱초롱한 별들, 빵차 타고 끝없이 펼쳐진 초원 달리기, 속눈썹 긴 낙타 길들이는 유목민 어린이의 미소, 그리고 징기즈칸 보드카의 화끈한 맛!

지나고 보니 그때가 좋은 때였다.

시간 멈춘 한 장의 스틸 사진이나 그림이 타임머신처럼 과거로 회상을 가능하게 한다. 오늘부터 낮이 점점 길어질 것이다.

(2020. 12. 21)

인류의 고난과 연민

아침 산책길에 꽁지 쫑긋대며 해바라기하는 작은 새 한 마리를 만났다. 걸음 멈추고 보는 순간이 고요하고 평화로왔다. 이윽고 새는 포릉~ 하고 날아갔지만 폰 앨범에는 남았다.

자비희사의 사무량심. 그리고 오래 내 뇌리에 각인된 버트란드 러셀의 좌우명—지식의 탐구, 사랑에 대한 동경, 인류의 고난에 대한 참을 수 없은 연민의 정!

(2021. 1. 4)

버리고 줄이고 비우며

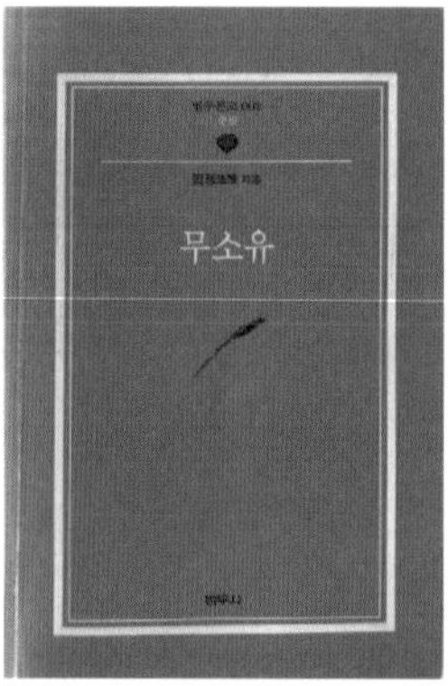

버리고 버려도 버릴 게 남았다. 빛 바랜 노트, 읽지 않고 먼지 쌓인 책들, 그렇고 그런 정기간행물, 낡은 가구에 해마다 내는 다작시인의 시집까지… 애착이 가지만 입지 않은 옷, 앨범에서 웃고 있는 지난날 사진들, 묵은 차茶와 그릇, 다기… 의식주에서 많은 것이 구석구석 쌓여 있다. 옮기는 집 규모가 줄어 정리한다고 했지만 여전히 잡동사니가 주위를 둘러싸고 있다.

버리고 줄이고 비운 뒤 남는 것은 무얼까? 그래도 버릴 게 남는다면 어느 작고 작가의 말처럼 홀가분만 남는 걸까? '간다, 봐라' 하신 법정 스님 입적 뒤 아내와 함께 송광사 불일암을 찾았다가 '빠삐용' 의자를 보고 울컥, 한 적 있다.

무소유란 아무것도 갖지 않는 것이 아니라 쓸데없이 많이 갖지 않는 것이다. 가지면 가진 만큼 마음을 빼앗기기 때문이다. 재물욕, 색욕, 식욕, 권력(명예)욕, 수면욕에 이르기까지 구하는 마음 자체가 괴로움이라 하지 않은가?

(2021. 1. 15)

출산의 기쁨

시를 짓는 고통과 시집을 내는 기쁨. 더구나 나이 든 남자가 산고 끝에 출산의 즐거움을 누림은 오로지 글 쓰는 사람만의 특권일 것이다.

미증유의 돌림병으로 지난 한 해 답답한 나날을 보내면서도 팔순의 노시인을 비롯한 〈시문학〉 출신 다섯 시인이 조심스레 모여 서로 시를 평하고 공부하고 가다듬은 결과물로 새해 벽두에 공동시집을 냈다.

이름 하여 『오후 다섯 시詩의 풍경』(산지니). 1백 편의 시에 25컷의 분위기 있는 사진(이몽희 시인 작품)을 곁들여 감상의 묘미를 살렸다.

거듭 "시를 읽고 쓰는 일이 세상에서 가장 죄없는 일이다"

–마틴 하이데거

(2021. 1. 25)

파스칼의 구체

최근 이사 때 가져온 오래된 지구본 처리를 두고 고민하고 있다. 아내와 딸은 버렸으면 하고, 나는 좀 더 두고 보았으면 한다. 지구본을 보며 드는 생각 때문인데, 얼추 정리하면 다음과 같다.

1) 모든 생명체의 삶은 시간과 공간의 지배를 받는다. 그런 측면에서 무한하게 확장하는 우주의 시공간 속 인간의 삶은 허망하다.

2) 1990년 칼 세이건의 보이저 1호가 찍은 '창백한 푸른 한 점', 지구의 모습은 우리에게 많은 생각을 갖게 한다. 그러나 자기 중심적 인간은 사는 동안 존재의 한계를 곧잘 망각한다.

3) 포스트 모더니즘의 대부 보르헤스는 「파스칼의 구체」라는 단편에서 "과거와 미래가 무한하다면 사실 '언제'라는 것은 없기

때문에 시간 속에서 길을 잃었고, 각 존재가 무한한 것으로부터 그리고 무한소로부터 균등한 거리에 있다면 '어느 곳'이란 없기 때문에 공간 속에서 길을 잃었다고 생각했다. 그 누구도 어떤 날, 어떤 장소에 있지 않았으며, 그 누구도 자기 자신이 누군지 몰랐다"며 "자연은 무한한 구체로, 그 중심은 모든 곳에 있으나 원주는 어느 곳에도 없다"고 한다. 불교에 대해 해박한 보르헤스는 진정한 '나'라는 존재는 그 어디에도 없음(제법무아諸法無我)을 간파한 것이다.

4) '창백한 푸른 한 점' 속의 나와, '파스칼의 구체', 극미와 극대를 생각하는 '나'라는 존재—생각하는 갈대에서부터 금강경이 비유하는 갠지스 강의 모래와 화엄경 법성게의 '한 티끌 속에 들어 있는 시방세계(일미진중함시방一微塵中含十方)!'

cf. 우주적 시선(코즈믹 아이): https://youtu.be/8Are9dDbW24

(2021. 1. 29)

성실한 사람이 잘 사는

퇴직 무렵 주위에서 농삼아 삼 '사'는 알아둬야 한다 했다. 바로 변호사와 의사, 차량정비사였다. 사회생활에 문제 생기면 법률 상담을 받아야 하고, 몸에 이상 생기면 병원에, 모는 차에 문제 생기면 수리하는 데 가야 한다.

나의 경우 아들이 변호사고 아들 친구가 의사며, 딸이 가는 정비공장을 이용하니 이래저래 자식 덕 보고 사는 셈이다. 좀 엉뚱하다 싶지만 세 곳 다 트러블과 관련돼 있어 묘하다.

며칠 전 차 전조등에 이상이 생겨 단골 정비공장을 찾았는데, 새삼스레 공구 상자가 눈에 띄었다. 각종 공구를 가지런히 정리해놓은 모습이 보기 좋았다.

이 공장은 나이 든 아버지가 운영하다 아들이 물려받았는데 그 아버지 말씀이 요즘 차들 전자장비가 복잡해 예전 기술로 감당이 안 된다 했다.

한때 지역방송국에도 연초에 모토를 정해 홍보했는데 가장 기억나는 것이 "성실한 사람이 잘 사는 사회"다. 학교 급훈에 유독 근면, 성실이 많았던 아날로그 세대에게는 와닿았다.

나는 정비공장의 가지런한 공구와, 기름때 묻혀가며 열심히 일하는 젊은 사장을 보며 우리 사회가 여전히 성실한 사람이 잘 사는지 궁금하다.

(2021. 2. 5)

나이 일흔에

인생 칠십이 흔한 일이 되었지만 당사자의 소회는 저마다 다를 것이다. 공자 왈 맹자 왈 한다고 젊은 사람은 고루하다 여길 것이나 나이 따라 사는 법에 대해 논어만큼 많이 인용되는 사례도 없겠다.

최근 구입한 책 『논어』의 「위정편」에서는 "70세가 되어서는 마음이 하고자 하는 대로 따라도 법도를 어기지 않았다(七十而從心所欲, 不踰矩)" 했다. 여기서 거矩는 'ㄱ'자 자로 기준, 법도를 뜻하는데 혹자는 물고랑의 뜻도 있다 한다.

물론 공자의 경우지만 나이 들어 자기 마음대로 살아도 된다는 게 아니라 사회 통념이나 이치에 맞게 살되 안분지족하는 마음으로 살아야 한다는 여운이 깔린다.

새해와 설 명절을 맞으면 저마다 각오를 새롭게 하고 희망을 다진다. 나는 최근 이사와 함께 어수선한 주위를 정리하며 일단 흩어진 글(散文)부터 모아 조만간 칠순 문집을 내기로 했다.

또 시작詩作과 관련해 사물에 대한 즉흥적 감정을 자유로이 표현하되 가능한 짧고 단출한 이른바 '즉물시'를 계속 써볼 참이다.

(2021. 2. 12)

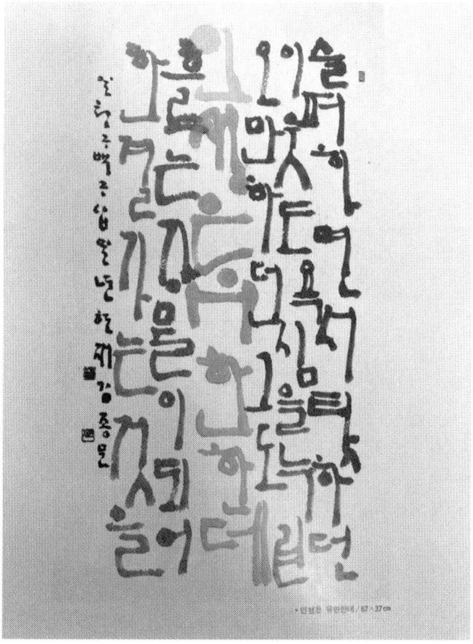

• 인생은 유한한데 / 67×37cm

봄이 무르익었다

입춘이 엊그제 같은데 봄이 벌써 무르익었다. 홍매는 꽃잎이 만개해 벌써 시들하고, 청매가 얼마 전 내린 비에 향과 함께 청초한 꽃잎을 벙글었고, 납매도 이미 피어났다.

산수유는 노란 물감을 퍼뜨리기 시작했고, 우수 지나 물 오른 별목련이 탐스런 꽃망울을 머금는 등 수목원 주위 봄꽃들도 기지개를 켜고 있다.

그러나 사람들 마음에는 아직 봄이 오지 않았다. 봄이 무르익어가도 봄이 아니다. 봄은 저마다의 마음에서부터 온다.

(2021. 2. 22)

오래된 필통에서

내 다탁에는 오래된 도자기 필통 하나가 놓여 있다. 법조 출입 기자 시절 부산고법 개원, 부산고검 개청(1987. 9) 기념으로 받은 것인데 당시 통도사 월하 방장 글씨가 요즘 화두로 떠오른 사법, 검찰 개혁과 관련해 묵직하게 다가온다.

淸白家風直似衡
(청백가풍은 곧기가 저울 같아)
豈隨高下落人情
(어찌 높고 낮은 인정에 끌릴까 보냐)
秤頭不許蒼蠅坐
(저울 눈금 청파리 한 마리 허락치 않으니)

些子傾時失正平

(작은 것에 기울면 정평 잃는다)

과연 사법부의 올바른 재판과 검찰 기득권에 대한 적절한 견제가 실현될는지?

(2021. 2. 25)

절로 절로 나절로

지난여름 물난리 피해 산꼭대기 절로 올라간 소들 이야기 기억하실 것이다. 지난주 우중에 아내와 길을 나서 그 소들이 피난간 구례 사성암으로, 화엄사 경내 절로 절로 해서 제법 절하고 돌아왔다.

사성암 가파른 길을 차로, 혹은 걸어 오르며 소들이 까꼬막을 오른 인연이 선정의 원효 스님이 손톱으로 벼랑에 그렸다는 유리광전 약사여래의 가피인가? 생각했다. 백제 성왕 때 지은 절이 우공의 덕을 보는 듯 곳곳이 반듯하게 정돈되고 산 아래 섬진강을 내려보는 풍경이 시원했다.

화엄사는 언제 보아도 화장장엄이지만 봄비 내려 고즈넉한 모습도 좋았다. 중생세간을 넘어 차근차근 오르며 대웅전에 삼배하고 대숲 길로 구층암에 이르러 천불전에도 삼배했으니 삼천배를 한 셈. 뜰 앞 모과나무와 그 모습대로 기둥이 된 모과나무가 마주보는 절간, 나무 모개보살 마하살!

꾸밈없는 각황전에서도 절하고 비에 젖은 국보 석등과 보물 석탑 앞에도 섰다가 갈 길 멀어 서둘러 하산하는데 아차! 절 입구에서 한 객이 혹시 홍매 피었더냐 묻는다. 미처 못 봤다며 황급히 돌아섰다.(화엄홍매는 3월 초부터 핀다.)

“청산도 절로 절로…”로 시작하는 송시열의 시조는 자연을 ‘절로’, ‘저절로 있다(自在)’고도 푼다. 스스로 그러한 자연은 저절로 있는 것이고 그 일부인 절과 사람도 따라서 절로이다.

나는 80년대 군사독재 시절 유연한 만필로 식자층을 위무한 동아일보 우승규 선생을 좋아했고 그의 호 ‘나절로’를 오늘에 되새긴다. 절로 절로 나절로.

(2021. 3. 1)

2부

붓 따라 글 따라

삼산거사의 세상 사는 이야기

KBS에서 근무하다 정년퇴직한 사람은 재수 좋은 사람이다. 아니, 복 받은 사람이다. 나도 그렇다! 3년여 전 퇴직을 앞두고 받은 '그린 연수'에서 강사로 나온 어느 퇴직 선배는 좋은 직장 조건으로 첫째, 정년 보장되고 둘째, 월급 제때 꼬박꼬박 나오고 셋째, 어느 회사 다녔다 하면 사람들이 금방 아는 곳으로 꼽았다. 이 조건에 KBS만큼 들어맞는 직장이 대한민국에 또 어디 있을까? 임금피크 때는 연봉이 10의 8승을 넘었으니 세금을 아무리 많이 뗀다고 볼멘소리 했어도 '신이 내린 직장'으로 다들 부러워한 것을, 다달이 받는 국민연금이 노후 복지에 얼마나 요긴한 돈인 줄 알면서부터 뼈저리게 느끼고 있는 지금이다.

그러나 재테크 제대로 못한 것을 후회한들 무슨 소용일까? 시간은 보들레르 시처럼 "지금! 하는 순간 이미 과거인 것을". 그래서 뭐니 머니해도 현금이 좋지만 '지금'이 제일 소중한 것임을 술자리 건배사로 대신하는 것이다. 또 있다. 유토피아. 한자로 이상향理想鄕, 영어로 nowhere란다. 이 세상 어디에도 없다는 뜻. 그래서 우리가 진정 누릴 수 있는 이상향은 지금! 여기!(now+here)인 것이다. 건배사 치곤 너무 현학적인가?

1970년대 대학 다닌 사람치고 제대로 마음잡고 공부한 사람

별로 없을 게다. '유신방학'이다 뭐다 해서 교정에 나라 지켜야 할 탱크들이 들어와 있는데 강의가 귀에 들어올 리 만무. 그래서 술이나 퍼마시고 다니다 운 좋게 신문사 기자로 들어간 게 KBS로 까지 인연이 이어졌다. 그러면서 늦깎이로 대학원 한두 곳 다닌 게 계기가 돼 5년여 대학 강단에서 소일하고 있다. 수업시간 학생들에게 여담으로 실컷 놀다 지겨우면 한 살이라도 젊을 때 마음껏 공부하라! 그리고 너희 부모 세대는 대단한 분들이시다! 세상에 반세기만에 농업국이면서도 배곯고 원조 받는 나라에서 산업화, 민주화 끝에 IT강국으로, 또 원조를 주는 나라로 환골탈태한 나라가 대한민국 말고 어디 있으면 나와 보라고 해!

뉴미디어, 손안의 스마트한 세상임에도 얼굴 마주 보는 인간적인 의사소통의 부재, 세대 간 단절이 어느 때보다 심각한 요즘 젊은 학생들에게 부모 세대를 이해시키기 위해 하는 말이지만 어찌 보면 측은한 생각도 든다. 끝없는 경쟁에 내몰리면서 불투명한 미래, 늙은이를 먹여 살려야 할 부담만 가중되는데 천정부지로 치솟는 등록금 마련을 위해 밤잠 못 자고 알바를 하는 학생들이 강의시간에 졸거나 자는 것을 모른 체해야 한다. 이들에게 기성세대는 변화와 혁신, 경쟁만 강조했지 사람답게 사는 삶이 무엇이며 어떻게 살아야 참된 삶인지 제대로 가르쳐 주지도 못했다.

나는 요즘 아침 바닷가를 산책하는 여유를 즐긴다. 회사 다닐 때 부산, 창원(마산), 울산 등 주로 뫼 산山 자 붙은 곳에서 근무해 친구 사이에 '삼산거사'로도 통한다. 또 토, 일요일 아침이면 남천동 바닷가에 '천 원짜리 밥차'가 오는데 시래기된장국은 가격에 비해 여간 속이 편하지 않다. 노인부터 노점상, 술꾼, 산책객들 틈에 끼어 한 끼 때우면서 '세상 속으로' 들어가 사는 기분을 나날이 절감한다.

사실 그동안 너무 누리고 살아왔다. 알아주는 직장에서 남의 잘못 탓하는 일에 익숙하다 보니 자연 세상사는 이치에 있는 그대로 보는 '긍정의 힘'을 알기 어려웠다. 가끔은 자신을 낮추고 "누릴 수 있되 절제하는" 자세를 되새기기도 하지만… 내가 아는 한 클래식 음악동호인은 바쁜 출근길 거동이 불편한 노인이 좌석에 앉을 때까지 기다려주는 시내버스 기사를 '인생 상수上手'로 표현했다. 그렇다! 사람 사는 곳에 청산靑山 있고, 사람 사는 곳곳에 달인達人이나 상수들이 즐비하다. 단지 눈에 잘 안 띌 뿐.

최근 베이비부머 세대의 퇴직이 시작되면서 '늙음을 경계하는 글(戒老錄)'이 인구에 회자하고 있다. 은퇴 세대가 뒷방 늙은이로 기다리는 세대가 아닌, 교육받고 사회 경험 풍부하며 어느 정도 경제력도 있는 실버세대로, 사회 구성원의 한 주체로 보다 적극적인 제2의 삶을 향유하는 때가 된 것이다. 그러한 삶의 적극성은 누가 주는 것보다 각자의 생활 태도에 달려 있기도 하다. 누구나 건강하게 오래 살기를 바라지만 늙고 병들어 죽는 것 또한 순리다. 하긴 이를 받아들이기 어려워 젊은 왕자 싯달타도 고민하고 방황하다 깨달음에 이른 것이 불교의 핵심 메시지 아닌가? 태어나면 늙어 죽되 어떻게 잘 살고 어떻게 잘 죽을 것인가?

"저 대지가 몸을 주어 나를 싣게 하고, 삶을 주어 나를 수고하도록 하고, 늙음을 주어 나를 편안하게 하고, 죽음으로 나를 쉬게 한다. 그러므로 자신의 삶을 긍정해야 자신의 죽음을 긍정할 수 있는 법이다." 내가 좋아하는 계로록 중 하나인『장자莊子』의 '대종사大宗師' 편의 글이다. 노자의 '무위의 쓰임(無爲之用)'에서 더 나아가 활달하고 거침없는 대붕大鵬의 자유를 노래하는 장자도 바로 "자신의 삶을 긍정해야 자신의 죽음을 긍정할 수 있"다고 했다. 요즘말로 웰빙(well-being)이 웰다잉(well-dying)이다. 어차피 죽음은 삶의 저 편에 있는 것. 오로지 우리가 지지고 볶으며 살고 있는 지금! 여기! 에서 잘 사는 길 만이 잘 죽는 길임을 기억하자.

지금까지 지구에서 살다 간 사람이 800억 정도 된다고 한다. 800억이라는 많은 사람이 살고 갔다니! 저승이 있다 해도 끔찍하고, 없다 하면 삶이 너무 허무하다. 나는 최근 이렇게 살다 간 이들의 명복을 비는 시를 쓴 적이 있다.(블로그: suchon.egloos.com 참조) 누가 보든 말든 알아주든 몰라주든 괘념치 않고 앞으로도 "세상 사람과 더불어 시나 지으면서 살 거다"(여천하인작시, 與天下人作詩-수안 스님)

편집자 주: 필자는 창원총국과 대구총국 보도국장, 울산방송국장을 지냈다. 2010년 정년퇴직해 부산외대, 경성대 등에서 미디어의 이해와 매스컴론 등을 강의하고 있다. 1999년 〈시문학〉을 통해 등단해『바람소리 혹은 낚詩』등 시집 6권을 냈으며, 현재 KBS 부산총국 시청자위원으로 있으면서 KBS 1라디오 '동남권 100년 포럼 KBS 열린 토론'(매주 금요일 오후 6시 10분~7

시) 진행도 맡고 있다.

(KBS 사우회보 2010년 11월호)

황금 돼지해의 어떤 고백

경남 마산시 교방동 136번지, 마당 너른 집은 마산의 중심가였던 남성동 1번지에서 내가 태어나자 이사해 71년 대학 입학 때까지 산 곳이다. 큰방, 작은방, 식당방이 있는 삼칸 집에 백 평 넘는 터, 남새밭과 우물이 있고 늙은 감나무 두 그루에 돌담을 둘렀지만 대문은 늘 열려 있었고 문간 옆에 변소와 돈사가 있었다.

내가 마산 성호국민학교를 졸업하고 마산중과 마산고를 거치는 동안 가난한 노동자였던 아버지는 돼지를 키워 우리 형제들의 학비를 일부분 조달하셨다. 자연 나는 공부와 더불어 돼지 키우는 일에 소홀할 수가 없었다.

당시 돼지 사료는 주로 식당에서 나오는 잔반과 '아래기(소주 원료인 고구마 찌꺼기)', 그리고 쌀겨의 일종인 등겨가 주였다.

중학교 다닐 때였는데 하루는 키우던 개를 자전거에 묶어 남성동 식당에서 잔반을 싣고 오다가 번화가인 마산모자점 앞에서 자동차 경적에 놀란 개가 요동치는 바람에 자전거가 그만 넘어지면서 잔반이 길에 쏟아졌다. 가게 앞에 시큼한 잔반 냄새가 풍기자 모자점 주인이 엄청 화를 냈다. 나는 손으로 정신없이 음식 찌꺼기를 통에 쓸어 담고 물을 빌려 씻어냈다. 우리 학교 모자도 자기 집에서 단체로 주문했는데….

고등학교 다닐 때는 주로 아침 일찍 아래기를 배달했는데 오동동 옛 고려호텔 자리 소주공장까지 두말 들이 드럼통을 싣고 내려가 자전거를 밀고 올라올 때면 동복 교복이 땀범벅인데 성호동 철길 건널목 부근에서 아는 여학생들과 자주 마주치곤 했다. 창피했던 나는 속으로 "가시나들이 공부는 못하면서 더럽게 학교는 일찍 가네"라고 투덜거렸다.

새끼를 많이 낳는 거구의 요크셔나 바쿠셔 암컷은 여름이면 골목길에 내놓으면 젖꼭지 주렁주렁 달린 배를 드러내고 낮잠을 즐겼고, 겨울에는 뜨끈뜨끈한 술 찌꺼기인 아래기에 등겨를 타주면 발을 구시에 담근 채 죽죽 들이켜고 얼큰히 취하면 한숨 자고, 일어나면 또 먹으면서 (술을 좋아하는 내가 뒷날 부러워할 정도로) 그렇게 잘 컸다.

고3 2학기 모의고사 때였던가? 모의고사 성적 종합으로 대입 원서를 써줬기 때문에 신경이 예민해져 비바람 부는 시험 전날 밤늦게까지 책상에 앉아 있었는데 돈사 양철지붕이 계속 덜컹거렸다. 몇 번 고함을 질러도 만삭의 돼지가 멈추질 않자 화가 나 다듬이 방망이로 어둠 속에도 주인을 알아보고 꿀-거리는 녀석 대가리를 퉁 치고 돌아와 속이 상해 그만 자버렸다.

근데 새벽녘 잠결에 어머니 비명 소리가 들렸다. 깨어보니 구시가 핏물로 벌겋게 물들어 있는데도 어미 돼지는 계속 코에서 피를 흘리며 사료를 먹고 있는 게 아닌가! 그날 모의고사는 물어보나 마나였다.

돈사를 피로 물들였던 어미 돼지는 저녁 무렵 살처분됐고 뱃

속 13마리 어린 생명들은 빛도 보지 못하고 이웃에 보신용 애저로 나눠주고 말았다. 그중 한 마리를 시멘트 종이에 꽁꽁 싸 신마산 외갓집에 주려고 시내버스를 탔는데 도중에 "꼴꼴"거리는 소리가 들려 살그머니 열어보니 새끼 돼지는 혀를 삐죽 물고 여전히 눈을 감고 있는게 아닌가. 환청이었다.

짐작으로는 대문 옆 가로등 전선이 비바람에 끊어져 양철지붕으로 해서 축축한 우리로 전기가 흐르는 바람에 덩치 큰 녀석이 불편한 심사에 주둥이로 양철지붕을 덜컹거렸던 것이다. 짐승에게 말 못할 잘못을 저지른 나는 죄진 기분에 가위눌려 끝내 이실직고를 못했다.

어릴 적부터 키우던 돼지였지만 녀석들은 보기보다 깨끗한 것을 좋아해 돈사에 마른 짚단을 깔아주면 엄청 좋아한다. 또 갓 태어난 것들을 마른 헝겁으로 닦아주면 금방 꿀꿀거리며 뛰어다니는 걸 보면 사람, 짐승 할 것 없이 모든 어린 것들은 귀엽다.

그 일이 있고 나는 한동안 돼지고기를 입에 대지 않다가 요즘은 꽤 즐겨 먹는다. 특히 돼지국밥에 소주 몇 잔은 술밥간에 가성비 높은 서민음식으로, 병아리를 좋아하는 어린이가 치킨 또한 좋아하는 묘한 이치이기도 하다.

동물 복지문제를 제기하는 '카라'의 한 영화감독이 최근 돼지 사육의 잔인성에 대해 언급한 기사를 보면서 비록 말 못하는 축생이지만 황금돼지 해를 맞아 든 참회의 추억담이다.

(2019. 1. 11)

괭이갈매기와 아구찜

해 바뀌고 오랜만에 영화 한 편을 봤다. 일제 강점기 우리 말과 글을 어렵게 모아 사전편찬작업을 벌이는 조선어학회 회원들의 분투기다.

신파조의 애국심이 재미를 반감시켰지만 시골말(사투리)도 고유한 우리말로 존중해 사전에 수록하려 애쓰는 장면이 인상적이었다.

특히 '우리나라'처럼 공동체 정신을 강조하는 우리 말살이의 의미와, '한 사람의 열 걸음'보다 '열 사람의 한 걸음'이 중요하다며 팔도 사투리 모이를 위해 주인공 감방 동기들을 동원하는 모습을 보면서 학창 시절 보았던 오드리 햅번 주연의 영화 〈마이 페어 레이디〉가 생각났다.

언어학을 전공하는 교수가 사투리 쓰는 꽃 파는 처녀를 표본으로 언어 교정을 통해 사교계의 여왕으로 등극시키며 사랑에 빠지는 내용인데, 대학 방언론 시간과 연결되었다.

가령 고양이의 경상도 사투리 '괭이'의 음가를 채집하기 위해선 '깨내기', '괴이' 등 원주민으로부터 자연스레 발성을 유도해 정확한 음가를 녹취해야 한다. 사라지는 사투리를 잘 보존하기 위해 학계에서는 일찍부터 이러한 노력이 있었다.

문제는 지역특색을 가장 잘 나타내는 사투리가 공영방송 뉴스에선 일체 허용되지 않는다는 것이다.

특히 마산의 명물 '아구찜'의 경우 원조시비가 법정 다툼으로 번져 기사가 된 적이 있었는데 중앙 뉴스에서는 아귀찜이라고 썼다. 그러면서 남해 홍도 등지에서 집단 서식하는 괭이갈매기는 그대로 쓴다. 고양이처럼 운다 해서 현지 사람들이 부르는 대로 고유명사로 정착된 사례다. '고양이갈매기'보다 얼마나 자연스러운가?

(2019. 1. 23)

지하철에서 동기회 모임까지

빠진 머리에 허옇게 서리가 내리고, 눈꼬리는 축 처지고, 배는 불룩 나온 웬 고집스런 노인이 퇴근시간 붐비는 지하철에 서있다. 차창에 비친 바로 나의 모습이다. 공짜 손님이라 가능하면 서서 가려 하지만 흔들리는 차에서 꽉 잡은 손아귀에 힘은 빠지고 다리는 점점 저려오며 차가 설 때마다 혹시 빈자리가 나지 않는지 눈을 힐끔거린다.

서면에서 1호선으로 갈아타기 위해 또 가파른 계단을 올라가는 대신 엘리베이터를 기다리던 중 일단의 중년 부인들이 순서없이 열에 끼어들며 하는 말. "다대포까지도 가네. 이 좋은 세상에! 빨간 물이 들어 하는 짓들 보니 배가 처불러서… 전부 북한으로 보내야…" 등등. 대화 내용인즉슨 양대 방송 파업 이야기였다.

특히 해가 진 뒤에도 선글라스를 꼬나 쓴 부인네의 목소리엔 노기마저 느껴져 흡사 '태극기 집회' 분위기를 연출했다. 그들은 차가 도착하자마자 또 우르르 올라타 경로석도 아닌 일반석을 차지하고서는 대상도 모르는 사람들을 향해 분노 섞인 저주를 퍼붓고 있었다. 그들도 나와 같은 공짜 손님이었으나 분노조절 장애를 겪고 있음이 분명했다.

젊은 사람들이 흔들리는 차 안에 서서 스마트폰을 보면서도 연신 떠드는 이들을 힐끔 거리며 쳐다봐도 막무가내였다. 다른 사람들 안중에도 없는, 예의 모르는 노인들 모습에 갑자기 서글퍼졌다.

1호선 범일역에 내려 가파른 계단을 오르는데 앞선 젊은 여자가 주춤거리며 힘겹게 계단을 오르는 노인네 한 사람을 피해 가려 안간힘을 쓰고 있었다. 출입구를 다 올라가 쳐다보니 선글라스에 스포츠 아웃도어 차림의 그 노인네는 바로 나의 고교 동기였다. 모임에 가끔 나오는데도 식당 가는 방향을 잘 모르겠노라고 겸연쩍게 웃었다. 나 역시 저녁이 되면 방향 감각을 잘 잊노라 했다.

모임 장소인 식당에 도착하니 식당 분위기가 바뀌어 있었다. 종전에는 퍼질러 앉아 술밥간에 해결하느라 다리가 저렸었는데 오늘은 의자에 식탁이 새로 갖춰져, 오는 동기들 족족 잘한 일이라고 반색했다.

술들도 전보다 다들 자중하는 분위기에서 공통점은 역시 새벽잠이 없어진다는 거였다. 나 역시 밤 10시가 넘어서면 눈꺼풀이 무거워 도저히 견디지 못하고 잠드는데 새벽 2시 조금 지나면 어김없이 눈이 떠져 가만히 누워 어두운 천장을 보고 있으면 흡사 무덤 속이 따로 없노라고 동조했다.

술잔이 넘나들고 취흥이 도도해지자 세상 사는 이야기에 점점 목청들이 높아갔다. 그중 어느 동기가 불쑥 나를 향해 꾸짖듯이 물었다. “느그 방송 파업 와 하는데?” 마치 내가 현직 방송 파업 노조원인 것처럼. 나는 순간 할 말을 잃었다. 앞서 지하철에서 만난 중년 부인네들의 저주 섞인 발언들이 연상되었기 때문이었다.

90년 4월, 낙하산 사장 인사에 반대하며 나는 부산에서 47일 방송 파업을 주도했다. 동기들은 그러한 나의 전력을 27년이 지난 오늘도 기억하고 있음이 분명했다. 역지사지에서 상대를 배려하지 않고 진영 논리에 함몰돼 보고 싶은 것만 보고, 읽고 싶은 것만 읽는 오늘의 미디어 현실에서 과정은 생략되고 결과만 중시하며, 노동운동을 이데올로기와 결부시켜 매도하는 현실!

빠진 머리에 허옇게 서리가 내리고, 눈꼬리가 축 처지고, 배가 나왔으며, 다리에 힘도 점점 빠져 계단 오르내리기 겁나며, 출퇴근 시간 붐비는 지하철을 공짜로 타고도 젊은 사람 험담하며, 부끄러움도 모르고, 예의 따위는 동방의 어느 가난한 반쪽 나라에나 줘버리는, 새벽 잠 없는 노인네가 불쑥 나에게 방송 파업 왜 하느냐고 묻는다.

뭐라 할 것인가? 나는 입맛 쩝쩝 다시며 잠시 머뭇거리다가 술맛 가시는 소리로 "정권 바뀌면 늘 있는 일 아니냐"고 남 말하듯 되물었다. 아닌가?

(2017. 9. 14)

선물-우분투

해마다 설이나 한가위가 다가오면 고민에 빠진다. 내 주위 사람들 즉 부모, 형제, 처자식, 직장 상사, 동료, 친구, 그리고 눈에 잘 안 띄는 어려운 이웃들에게 뭔가를 보내야 하는데 무엇을 보낼 것인가 정하기가 쉽지 않다. 그만큼 우리의 선물 문화는 생경하다.

어릴 적 모든 것이 부족한 시절임에도 명절이 기다려지는 즐거움이 있었다. 추석을 앞두고 땀이 차 잘 미끄러지는 낡은 검정 고무신 대신 앞에 고무밴드를 댄 운동화를 빔으로 받고서 신을 날을 가슴 설레며 기다리다 아침부터 비가 주룩주룩 내려 안타까웠던 추억! 어른이 된다는 것은 이런 기쁜 일이 하나둘 사라지는 일이다.

불가에서는 '빈손'을 강조한다. 빈손으로 왔으니 빈손으로 가는 것이라 한다. 극히 상식인데 실천하기 쉽지 않다. 돌 때부터 거하니 잔칫상을 마련하고 돈, 실타래, 볼펜, 심지어 무선 마이크까지 진열한 뒤 어린것에게 '거머쥐기'를 강조한다. 명절 용돈으로 애들에게 예사로 만 원권 지폐를 쥐어주고 자식들에게 넉넉한 재산을 못 물려줘 안달하는 우리 부모들. 그러나 정작 당신 자신은 노후 준비를 못해 버림받고 쓸쓸히 생을 마감하는 노인들.

얼마 전 티벳의 정신적 지도자 달라이 라마와 중국 출신 물리학자 빅터 챈의 대화를 기록한 『용서』라는 책 두 권을 사 한 권은 아끼는 후배에게 선물하고 한 권은 차분하게 읽어보았다. 요지는 책 겉장의 문구대로 '용서하라. 그래야 행복해진다'이다. 중국 공산당의 박해로 엄청난 사람이 살해되고 이웃 인도로 간신히 피신해 망명정부를 세워 지금도 자치독립을 꾀하는 달라이 라마가 정작 중국인들을 용서하라고 설파하고 있는 것이다.

나는 이 책 속에서 특이한 용어 하나를 발견했다. '우분투!' 달라이 라마와 마찬가지로 노벨 평화상을 받은 남아공의 인권운동가이자 인종박해의 진실규명 위원장이기도 했던 투투 대주교는 빅터 챈과의 대화 중 아프리카 흑인들이 오랫동안 간직해온 용서의 힘 가운데 인간은 다른 인간을 반영한다는 시각을 '우분투'라고 부른다면서 "나의 인격은 당신의 인격에서 나옵니다. 내가 원하든 원하지 않든, 당신의 인격이 향상되었을 때 나의 인격도 향상됩니다. 마찬가지로 당신의 인격이 비인간적이고 냉정한 것이 될 때, 나 또한 그렇게 됩니다. 용서는 실제로 자신에게 가장 이익이 되는 최상의 길입니다"라고 설명한다.

달라이 라마나 투투 대주교 그리고 아프리카 흑인의 고난을 대표하는 넬슨 만델라 역시 모두 피해자가 아닌가? 그런데도 이들은 하나같이 가해자들을 용서하고 화해하라는 것이다.

자신의 보도 때문에 개인적 피해와 고통으로 아직 '마음의 불'을 다스리지 못하고 있는 후배를 위해 선물한 책을 통해 나는 용서할 줄 아는 인간의 덕목이야말로 신으로부터 받은 최대의 선물임을 깨달았다.

선물은 말 그대로 선한 마음에서 오가는 물건이다. 아무리 값비싼 물건일지라도 주는 사람의 마음에 나쁜 의도가 있다면 그것은 뇌물이고 독이 되는 것이다. 비록 하찮은 것일지라도 선한 마음이 담겨 있다면 선물은 상대방을 기쁘게 하고 주는 자신도 마음이 풍요로워진다.

과거사 문제로 시끄러운 요즘, 자신들이 행한 잘못을 깨쳐주고 용서한다면 이것이야 말로 최상의 선물이 아니겠는가?

(〈처용수필〉 2005년 12집 수록)

처용, 용서의 미학

현대 한국인에게 어쩔 수 없는 세 가지 인연이 있으니 혈연, 지연, 학연이 그것이다. 불가佛家에서는 이 끈끈한 인연 때문에 온갖 번뇌가 생긴다 하여 고리를 끊어야만 참된 자아를 만날 수 있다고 강조하고 있다. 그러나 세속의 범인凡人들에게는 어디 인연 끊기가 그리 쉬운가?

내게는 오래전부터 잊을 듯하면 다시 이어지는 얼굴 하나가 있으니 바로 처용가면이다. 도저히 한국인의 얼굴이라고는 믿기지 않은 굵은 얼굴선에 우뚝한 코와 깊숙한 눈(高鼻深眼) 그리고 불그스레한 안색. 문자 속을 어설피 알기 시작한 때부터 이 기묘한 얼굴의 사나이에 얽힌 이야기를 듣고는 더욱 호기심이 동했다. 세상에 아내의 간통 현장을 적발하고도 춤을 덩실덩실 추고 물러갔다니 말이 되는 이야긴가?

자칭 '국보 1호'라 했던 양주동 박사의 「처용가」 풀이도 압권이지만, 삼국유사 권 2의 「처용랑 · 망해사」 조에 나오는 설화의 서사구조는 당시 국문학도였던 나에게 대단히 흥미로운 소재였던 것이다.

그래서 나는 희랍 비극의 백미인 「오이디푸스왕」의 서사구조와 우리의 「처용가」를 대비시켜 프랑스 구조주의 철학의 태두 레비 스트로스의 원형기법을 도입해 소논문을 발표한 적이 있었는데 '너무 아전인수격의 자료 원용'이라는 교수의 핀잔을 받고 의기소침한 적이 있었다.

헌강왕과 동해용왕, 용왕의 아들 처용 급간及干과 미인 아내와 삼각관계의 역신疫神, 간통사건과 용서, 감동, 처용무, 그리고 서사구조의 배경이 된 개운포와 망해사 건립.

이야기의 전개와 갈등, 반전, 절정, 대단원 등 극적 요소를 두루 갖춘 우리의 서사문학 소재들이 어디 삼국유사뿐인가? 건국신화를 비롯해 우리만이 갖고 있는 문화 콘텐츠가 무궁무진한데도 오로지 서양 것만 추구했던 당시의 학풍이 참으로 옹색했다.

그 뒤 나는 서정주 시인이 '한국의 미'라는 제목으로 잡지에 시리즈를 내면서 유려한 필치로 '처용의 용서'에 관해 쓴 글을 읽은 적이 있다.

이미 엎질러진 물인데 앙앙불락怏怏不樂해 본들 소인배 짓이나 다름없으니 대범하게 용서함으로써 오히려 상대방이 반성하고 감복해 다시는 과오를 범하지 않게 하는 처용의 용서와 화해정신을 기리는 문장으로 기억된다. 처용의 이 같은 포용력은 성이 문란한 오늘에도 여전히 유효한 것으로 특히 이혼소송이 난무하는 법정에서 법관들도 참고할 만한 내용이리라.

다시 나의 인연 이야기로 돌아간다. 처용의 외모에서 우리는 이미 그가 외국인일 거라고 짐작해왔다. 혹자는 그가 색목인이라 하고 어떤 이는 아랍 상인이라고도 한다.

여기서 나의 뿌리에 관해 고백할 게 있다. 나의 시조는 서기 1274년 고려 충렬왕 때 원나라 세조 쿠빌라이의 딸 제국대장齊國大長 공주와 함께 귀화한 아랍인 시종무관 '산코(三哥)'이다. 왕으로부터 장씨張氏라는 사성賜姓을 받고 정착한 곳이 고려의 수도였던 개성 바로 아래 덕수德水이며 이름은 순용舜龍. 대장군까지 올랐고 여몽 연합군 총사령관으로 지금의 마산인 합포에서 일본 정벌에도 나섰다. 그에 관한 이야기는 일본인 작가 이노우에 야스시(井上靖)의 역사소설 『풍도風濤』에도 잘 나와 있다. 시조로부터 내가 26세 손이니까 아랍인 후손들이 이 땅에 730년 넘게 살고 있는 셈이다.

나는 학교수업 때마다 "우리는 배달민족 한겨레, 한 핏줄"이라는 사실에 숨죽여야 했다. 우리 민족은 삼국시대 때부터 이미 국제화되고 있었던 것이다. 하긴 우리 민족의 시원始原이 바이칼이라 하니 바이칼 부근 브리야트 공화국 사람들은 입만 다물면 영판 우리 이웃집 아저씨, 아줌마이다.

요즘 농촌에 가보면 '베트남, 중국, 필리핀, 러시아 신붓감 있다'는 현수막이 눈에 많이 띈다. 농촌 노총각들의 국제결혼이 일반화돼 가고 이혼도 그만큼 는다 한다.

술을 좋아하고 미인 아내를 두고도 밤늦도록 쏘다니는 우리의 한량閑良 처용. 그러나 관대하고 가슴이 넉넉한, 그래서 불륜이 부끄러워지게 하는 멋진 사나이. 그 처용의 이름을 딴 수필 동인들과의 인연도 깊고 넉넉해지기를 바란다.

(〈처용수필〉 2005년 12집 수록)

또 한 해를 보내며

우리들은 가난해도 서럽지 않다
우리들은 외로워할 까닭도 없다
그리고 누구 하나 부럽지도 않다

–백석의 시 「선우사」 중

흰 밥에 가자미 반찬 밥상을 기꺼워하며 쓴 백석의 '가난하고 높은' 시집을 다시 꺼내 들었다. 눈이 푹푹 내리는 밤, 나타샤와 흰 나귀와 함께 "산골로 가는 것은 세상한테 지는 것이 아니"라는 백석의 쓸쓸한 정조가 되새겨지는 즈음 때문.

드문 수필집 『누비처네』(목성균)를 아껴가며 읽다가 또 한 해를 보내고 있다. 생각해보니 참 나도 많이 누리고 산다. 전망 좋은 다실에 아직 마른 입 축일 녹차도 넉넉하게 남아 있고, 서가에 읽을 책과, 시상詩想도 끊임없이 샘 솟고, 올해도 한 500km 걸은 만큼 건강도 챙기고, 해가 지면 술 생각도 여전하다.

유식학을 끝으로 불교 관련 책들은 대충 일별하고, 새해에는 사서삼경의 동양고전 준령 앞에 서볼 심사다. 글도 좀 더 낮고 부드럽게 쓰고 싶다.

올 한 해도 다들 열심히 살아내었다!

(2018. 12. 30)

매화 옛등걸에 봄이 왔으나

매화 옛등걸에 봄철이 돌아오니
옛 피던 가지에 피엄직도 하다마는
춘설이 난분분하니 필동말동하여라

–곡산 기생 매화의 시조「매화사」

김해 건설공고 입구에서 정문까지 땅에 눕듯이 자라 꽃망울을 터뜨리기 시작한 매화 고목들. 수령 백년을 넘어 가지가 처지고 속을 비워 지주목으로 받치고 시멘트로 채워 가까스로 수형을 유지하는 모습 안쓰럽다. 사람들은 이 매화를 누운 용트림 형상이라 와룡매라 부른다.

일설에는 일제가 봄이 오면 짙은 향으로 생기를 불어넣으며 향을 팔지 않아 지조를 상징하는 매화가 조선사람들에게 희망을 심어준다 하여 모두 베어내도록 했으나 이 학교만은 교장이 일본인이어서 살아남았다 한다.

우리 산하 곳곳이 강점기의 아픈 상처들 깊게 배여 있고 아직 진정한 사죄도 이뤄지지 않았으니 3.1 독립운동 100주년을 앞두고 매화 옛등걸에 봄이 왔어도 아직 봄을 맞지 못하는 옛시조의 정서를 새삼 음미한다.

(2019. 2. 21)

바다의 갈채

틈만 나면 걷기로 했다. 멀쩡한 두 다리로 걷는 게 행복임을 알고 천천히 주변을 둘러보면서….

지난 일요일엔 절영도 바닷가 산책로를 따라 걸으며 40여 년 전 영도(부산 남고)에서 교생실습하던 때를 떠올렸다.

당시는 수영에서 학교까지 매일 버스를 두 번 갈아타고 출근해, 하루 8시간씩 국어과목을 가르치고, 학생 상담에 청소 감독까지 마치고, 일지를 쓰고 나면 비로소 일과를 마치는, 새벽 별 보고 출근해 밤 별 보고 퇴근하는 강행군의 연속이었다.

실습이 끝나갈 무렵 동삼중리에서 회식으로 얼큰해진 기분에 이송도 저녁길을 혼자 걸어오는데 어디선가 와르르— 박수 소리가 들렸다. 자세히 귀 기울이니 바닷가 자갈들이 파도에 쓸려가며 내는 소리였다.

졸업을 앞두고 진로문제에 고민하던 한 젊은이에게 바다가 격려하는 갈채로 여기며 뒷날 쓴 시다.

절영도
자갈마당에 가면
어릿광대가 된다

우레 같은 박수소리
깜짝 놀라 둘러보면
관중은 간 곳 없고
수많은 자갈만 남아

돌아서면 박수 치고,
돌아서면 박수 치고,

지금은 외롭지 않은
절영도
자갈마당에 가면
어깨가 으쓱
어릿광대가 된다

-「절영도 자갈마당」 전문, 『수촌의 산』(세 번째 졸시집) 수록

(2019. 2. 12)

양파를 뽑으며

얼마 전 그간 소원했던 작은 형님의 근교 소일 밭에서 함께 양파를 뽑다가 문득 "10월 유신을 이 땅에 뿌리 뽑자!"라는 문구가 떠올랐다. 70년 초 엄혹했던 유신시절, 경남 마산에 본사를 둔 지방지 1면 봉황문양 유신 찬양 광고문이다.

'좌경 용공세력 발본색원'에 익숙했던 그 신문사 간부들 '뿌리 박자'를 '뿌리 뽑자'로 너무나 확신, 갓 나온 8면 신문 잉크 냄새 기분 좋게 맡고 점심 먹으러 나갔다가 회사 긴급 호출받고 부랴부랴 가판신문 회수에 나섰으나 희대의 오보 신문 상당수 이미 민주시민들 손에 들어갔으니….

가까이 진해 저도 여름별장에 휴가 왔던 유신의 심장 측근들 귀에도 들어갔고, 그날 저녁 마산의 뒷골목 선술집과 통술집에서도 이 기분 좋은 이야깃거리가 안주로 회자됐음도 물론이다.

나는 바짝 마른 흙에 가까스로 뿌리 내려 안 떨어지려는 양파를 애써 뽑으며 갑자기 이 광고문이 생각나 유월 뙤약볕 아래에서 혼자 비실비실 웃었다. 그리고 열흘 넘게 몸살을 하고 있다.

(2020. 6. 12)

평화가 바로 길이다

> 평화로 가는 길은 따로 없다. 평화가 바로 길이기 때문이다.

2차 북미회담을 앞두고 TV 심야 토크 프로를 틀어놓고 딴전을 피우다 이 말이 언뜻 들리길래 다시 보니 MC의 클로징 멘트였다.

비슷한 문구가 생각났다.

> 희망이란 본래 있다고도 할 수 있고 없다고도 할 수 있다. 이것은 마치 지상의 길과 같다. 사실 지상에는 본래 길이 없다. 다니는 사람이 많아지면 또한 길이 이루어지는 것이다.

-노신의 「고향」 중

설 연휴 부산 초량동 부산고 주변을 걷다가 나는 길가 작은 식당 문과 벽에 써붙인 노신의 글과 함께 '밥은 먹었어?'라는 문구를 보고 울컥했다. 고등학생들에게 참으로 어울리는 내용이었다.

북핵 해결과 종전 선언, 평화 구축, 그리고 통일에 이르는 과정은 김정은 표현대로 '인내와 노력과 고통이 따르는' 그러나 희망의 길을 내는 지난한 작업이다. 어디 잘 되나 두고 보자! 보다 부디 잘 되었으면… 하고 빌어본다.

(2019. 2. 28)

산천은 의구한데

아내와 2박 3일 새해 첫 나들이를 했다. 내 차로 우리의 겨울 산하 1천 킬로미터를 돈 셈이다. 여행은 볼 것도 중요하지만 잠자리와 먹는 것 또한 중요하다.

첫날은 2018년 겨울 올림픽이 열린 강원도 평창 이효석 문학관을 둘러보고 그의 대표작 '메밀꽃 필 무렵'을 다시 읽고 메밀국수를 먹었다. 명민했던 가산可山 선생의 35년 짧은 생애는 문학작품으로 살아남았다.

둘째 날은 해발 1,563미터의 오대산 상원사 중대 적멸보궁을 올랐다. 이로써 붓다의 진신사리를 모신 5대 적멸보궁 중 설악산 봉정암, 양산 통도사를 거쳤으니 이제 영월 법흥사와 정선 정암사 두 곳만 남았다. 불상 없는 텅 빈 불단을 향해 삼배하고 마주 앉으니 마음이 그렇게 편할 수가 없었다.

하산하며 월정사 경내의 팔각구층석탑은 상륜부가 오롯이 남아 볼 만했고, 상원사는 신도들로 너무 붐비고 국보 동종이 유리에 갇혀 비천상 문양이 희미했다. 그날 잠자리는 40년 전 신혼여행 갔던 백암온천 숙소 예약이 안 돼 어두워진 태백으로 향했다.

셋째 날, 낙동강의 발원지 황지 연못은 올겨울 눈이 없고 건조한 날씨 때문에 삭막한 여행에 청량제였다. 하루에 5천 톤의 물이 샘솟는다니 태백산의 정기가 아닐 수 없어 다소 썰렁한 눈꽃 축제장에서 즐거운 마음이 들었다.

태백을 뒤로하고 내지의 잘 닦인 국도를 따라 불영계곡을 향하다 중간에 뜻밖에 '산타마을' 분천에서 소머리국밥으로 점심 요기를 하고, 작고 아담해 다시 찾고 싶은 오지 역사 주위를 둘러본 것은 여행의 또 다른 낭만이었다.

잘생긴 금강소나무 숲과 굽이굽이 계곡의 불영사 가는 길은 겨울 드라이브 코스로 한적해서 좋았다. 의상 스님이 천축산에 부처님 그림자가 연못에 비쳐 불영사라 지었다니 인도에 간 적 없는 스님의 그 상상력이 놀랍다.

돌아오는 길에 후포항에 들러 찐 박달게를 샀더니 시장기가 더해 귀갓길을 재촉했다. 역시 돌아올 곳이 있어 우리는 늘 떠난다.

(2019. 1. 28)

러시아 문학기행

— 민중의 고통 속에 꽃핀, 그러나 미완의 혁명

한민족의 웅지雄志를 반도라는 좁은 자루에 가두는 것도 모자라 허리를 동강 낸 한 주역인 옛 소련의 중심부 크렘린과 붉은 광장은 웅장한 성채와 너무나 아름다운 건축물들로 구성돼 있었다. 피의 혁명을 상징하는 붉은색이 러시아어로 '크리스나야' 즉 아름답다라는 뜻이라니.

답답하고 한정된 일상에서 낯선 곳으로의 여행은 분명 한 인간의 세계를 확장하는 일이다. 그것도 '있는 대로 보는' 직관直觀의 단순 여행이 아니라 '아는 만큼 보는' 테마 여행일 때는 더욱 그렇다.

우리의 러시아 문학기행은 그렇게 시작됐고 상당수는 이미 탄탄한 기초 공부를 마친 상태여서 거의 러시아 문학전공 대학생들의 수학여행 수준이었다.

모스크바.

20세기 최대의 사건인 공산주의 혁명의 진원지. 드넓은 구릉지역에 자리 잡은 모스크바는 온통 러시아 정교 교회 첨탑과 성채들로 마치 하나님의 나라가 지상에 선 것 같았다. 그러나 모스크바의 '참새 언덕'에서 바라본 시가지가 무겁고 어두운 느낌을 주는 것은 노동자, 농민의 천국 건설이 결국 이상理想이었음을 역설적으로 보여주는 것은 아닐까?

세계 최초로 인공위성 '스푸트니크'호를 발사해 미국의 자존심에 엄청 상처를 냈고, 우주인 '가가린'의 금보다 비싼 티타늄상像이 우뚝함에도 불구하고 자동차 부품 하나 변변히 만들지 못하는 모순의 도시.

해자垓子로 두른 붉은 광장 주위를 보면서 모스크바는 방어의 도시임을 실감했다. 몽골과 타타르의 침략과, 그들이 말하는 1, 2차 조국 해방전쟁에서 얼마나 많은 인민들이 희생됐는가? 그러나 러시아를 지켜준 것은 '차르'도 봉건영주도 아닌, 나폴레옹도 히틀러도 어쩌지 못한 동冬장군과 광활한 영토였다. 지배자들은 침략군이 물러갈 때마다 거대한 승전비나 탑, 교회를 지었으나 농노와 인민들의 삶은 조금도 나아지지 않았다.

차르의 대관식을 거행하던 우스펜스키 성당의 찬란한 황금 도금은 우리의 홍경래 난과 비슷한 '스텐카 라친의 난'을 제압해 성당 마당에서 그를 능지처참하고 4천 명의 반도들을 처형한 뒤 뺏은 노획물이었다 한다. 그들이 즐겨 부르는 '스텐카 라친'이 우리 귀에조차 익숙한 이유를 알 만한 대목이다.

러시아 역사에서 한 가지 특이한 점은 외침을 받을 때마다 영토가 확장됐다는 것이다. 13세기 몽골의 침략으로 2백 년 가까이 숨 한 번 제대로 못 쉬더니 그리스 정교를 국교로 도입해 왕권을 강화한 뒤 아들을 쇠몽둥이로 쳐 죽인 '미친 이반' 뇌제雷帝 때에 통일국가를 형성하고 그 후 끊임없이 동서로 팽창해 오늘날 지구의 1/6이라는 거대한 땅을 소유한 것이다.

상트페테르부르크.

우리에게 레닌그라드로 익숙한 이 도시는 이름 그대로 표트르라는 러시아 중흥군주에 의해 건설된 계획도시이다. 핀란드를 눈앞에 둔 발트해를 끼고 있는 이 도시는 '유럽의 창'이라고도 불리며 표트르 대제의 서구화에 대한 의지를 읽을 수 있는 곳이다.

네바강의 도도한 물결에 진흙탕의 삼각주였던 바실리섬을 화강암의 견고한 인공도시로 만들기까지는 40만 명이 희생되었다. 한 마디로 '인간의 뼈'로 건설된 도시이다. 러시아의 국민시인 푸시킨은 그의 시 「청동기사」에서 인간 자체에 대한 사랑 없는 문명은 결국 죽음과 파멸에 이를 것이라고 경고하고 있다.

우리는 이 지구상에 존재하는 불가사의한 구조물들, 예컨대 피라미드를 비롯한 거대한 왕릉들, 만리장성, 수많은 박물관의 진귀한 보물들을 보며 감탄한다. 그러나 공덕비가 많은 고을 원님일수록 실은 폭정을 일삼은 탐관오리임을 알아야 한다.

에르미타주 박물관은 상상을 초월할 만큼 수많은 미술품을 소장하고 있다. 예카테리나 여제가 건립한 이 박물관에는 3백만 점 이상의 값비싼 작품들이 있는데 역대 제정 러시아 황제들이 선물로 받거나 당시 시가보다 훨씬 비싸게 주고 유럽 등지에서 사들인 것이라 한다. 재원을 어떻게 확보했느냐고 물었더니 한국인 현지 가이드가 "농노"라고 간단히 답한다. 농노에서 봉건 영주로, 다시 차르로 이어지는 제정 러시아의 착취, 지배구조의 단면을 볼 수 있다.

늪지의 연약지반에 만 천여 개의 말뚝을 박아 완성한 이삭성당은 또 어떻던가? 40년에 걸쳐 완성한 이 성당은 거대한 화강암 기둥으로 인해 신앙심 옅은 관람객들을 압도하기에 충분했다. 게다가 내부의 장식은 호화의 극치를 이뤄 신에 대한 존경보다는 모자이크 하나하나에 얼룩졌을 노동의 희생에 대한 연민의 정이 앞섰음은 필자의 지나친 감상이었을까? 이삭성당은 석조건물의 완벽한 조화로 인해 '돌이 빚은 아름다운 한 편의 위대한 시'라고 한다. 하긴 세상의 모든 거대한 상징물들은 치자治者의 권위를 위해 존재하고, 왕릉을 조성하기 위해 또 하나의 거대한 못을 만들 듯 노역의 역사에 대해 준엄한 심판은 없었다.

4~5층 높이의 이어진 건물(unbroken building)이 넵스키 대로를 따라 줄지었고 시가지를 따라 운하들이 거미줄처럼 흘러 페테르부르크는 수상 도시로서 그들이 주장하는 대로 '러시아의 베니스'가 아니라 '이태리의 페테르부르크'라는 역설은 타당하다.

나는 러시아의 대표적인 두 도시 모스크바와 페테르부르크를 오가면서, 또 이들 도시에 자리 잡은 각종 교회와 박물관들을 둘러보면서 한편으로는 부럽고 놀라기도 하고, 또 다른 면에서는 농노와 민중들의 피와 땀으로 이룩한 상징물들에 대한 묘한 모순을 발견했다. 한때 러시아는 억압받는 노동자, 농민을 압제에서 구해 그들이 지배계급이 되는 프롤레타리아 혁명의 온상이 아니었던가? 그러나 지금은 민중들의 피땀으로 이룩한 성과물들을 관광상품화하는 데 혈안이 돼버린 나머지 사회주의와 자본주의의 혼돈 양상에 국민들은 여전히 고통 속에 살고 있었다. 모스크바 세르게이 성당 천정이 하나의 거대한 공명상자가 돼 무반주

합창(아카펠라)을 하는 남자같이 생긴 할머니의 목소리에서 모순의 질곡에서 벗어나게 해달라는 간절한 기도를 읽을 수 있었다.

러시아인은 자작나무와 함께 태어나 자작나무 숲으로 간다 한다. 자작나무로 통나무집(다짜)을 짓고 자작나무 화목火木으로 고기를 구어 부엌에서 보드카를 마시는 평범한 행복, 그리고 죽으면 다시 자작나무 숲으로 돌아가는 러시아인들이야말로 소나무와 닮은 한국인과 같다.

나는 몇 해 전 바이칼을 다녀왔다. 바이칼 호수가 유일하게 흘러가는 앙가라 강가에서 일종의 사우나인 '반야'를 즐긴 적이 있다. 통나무집 목욕탕에서 자작나무 가지로 몸을 툭툭 쳐 찬물을 적신 뒤 역시 자작나무를 뗀 한증막에 들어가 땀을 흠뻑 흘린 뒤 8월에도 서늘한 강물에 풍덩 뛰어드는 기분이라니… 인문주의자들의 낯선 곳으로의 여행은 역시 보고, 마시고, 즐기는 메뉴가 끼어야 한다.

이제 본령인 러시아 문학에 대한 개인적인 소회를 잠깐 피력하고 글을 맺고자 한다.

푸시킨, 도스토예프스키, 톨스토이, 고골, 고리키, 투르게네프, 체호프 그리고 파스테르나크, 솔제니친. 이름만 들어도 문학도들의 가슴을 설레게 하는 러시아 문호들. 귀족 출신이든 서민 출신이든 이들의 명성이 오늘에 이르기까지 공통점은 그들의 소재가 바로 가난한 사람들, 학대받는 사람 등 민중의 고난과 함께 부패한 귀족과 관료, 수전노 같은 사회적 모순을 다루었다는 점이다.

때문에 긴 겨울과 백야 속에 러시아 문학은 오랜 기간 사랑을 받아왔다. 그러나 지금의 러시아는 더 이상 『안나 카레리나』 같은 두꺼운 소설을 읽고 있는 돋보기 낀 노인들을 보기 어렵고 서구화된 젊은이들의 세태는 우리의 거리 풍경과 마찬가지였다.

푸시킨의 "삶이 그대를 속일지라도/슬퍼하거나 노하지 말라!/우울한 날들을 견디면/믿어라, 기쁨의 날이 오리니//마음은 미래에 사는 것/현재는 슬픈 것/모든 것은 순간적인 것, 지나가는 것이니/그리고 지나가는 것은 훗날 소중한 것이 되리니"라는 시는 여전히 가슴에 와닿았고, "삶 그 자체는 숨 막히도록 진지하다!(Life itself is so breathtakingly serious!)"라는 파스테르나크의 명언 역시 마음을 울린다.

따라서 이번 문학기행에서 최대의 수확이랄 수 있는, 고려인 3세 작가 아나톨리 김의 말은 여전히 유효하다.

> "문학은 기술의 문제가 아니라 심장에 관한 문제이다. 좋은 문학도는 인간에 대한 애정을 깊이 해야 한다"

---

* 이 글은 2005년 8월 12~19일 6박 8일 일정으로 울산 〈처용수필〉 동인들의 러시아 문학기행에 참석해 쓴 기행문이다. 〈처용수필〉 2005년 12집에 수록되었다.

한잔 술이나 할까

술 마시는 남자

이 세상에는 많은 사람들이 살고 있지만 크게 나누면 남자와 여자가 있고, 남자와 여자끼리 어울리고 떨어지고 부대끼면서 살고 있는 것이다.

나는 남자이기 때문에 여자의 삶의 공간에 대해서는 잘 알지 못한다.

따라서 이 글에서는 술을 무슨 삼시 세끼 밥 먹듯 늘 마시면서도 술을 아직도 모르는 한 남자의 이야기밖에 별로 쓸 게 없다.

술 마시는 남자. 얼마나 숙명적인 말인가? 대조적으로 술 마시는 여자는 약간 청승기가 있어 보이지만 남자의 경우는 자못 엄숙해 보이기도 한다. 초저녁 선술집에 쭉 둘러앉아 낄낄거리기도 하고 하하코 웃어대는 술 취한 남자들을 보면 호연지기浩然之氣도 있어 보인다. 또 밤공기 어스름한 대포집에 혼자서 술을 마시는 남자를 볼라치면 비장미悲壯美도 있다.

때문에 술과 남자의 상관관계를 확연히 맺어주는 글이라도 있으면 쌍수를 들어 환영하고 싶다. 왜냐면 나는 아직 이 부분에 대해서는 수주樹州 변영로卞榮魯의 『명정 사십년酩酊 四十年』을 웃도는 글을 읽어본 바 없기 때문이다. 술은 마셔서 즐거운 것이다.

또 술은 마셔서 슬픈 것이다. 그리하여 기쁨과 슬픔은 한 곳으로 통하여 우리의 인생살이에 깊숙이 흘러서 삶의 주종을 이루면서 육체를 지탱하고 정신을 온건한 것으로 만들어 간다. 하지만 술은 말없는 물처럼 인간을 꿰뚫고 흐르지만 항상 저만치 우뚝 솟아 범상치 않은 신들의 음식 '넥타'로 남는다. 따라서 술은 인류의 원조를 이루고 항상 시원始原에서 언급되며 세상의 온갖 희로애락을 주관하고 가장 인간적인 속성을 가지면서도 범접할 수 없는 신성을 띠고 있는 것이다.

나는 간혹 원숭이의 얼굴이 왜 붉은지에 대해 궁금해한다. 원숭이는 흔히 다윈식의 진화론을 생각하더라도 우리와 닮은 점이 많고 또 웬만한 술꾼보다 더 기분 나쁘게 얼굴이 붉은 놈이 있기 때문이다. 그래서 바쁜 학자들에게는 너무 한가한 질문이기 때문에 내 나름대로 결론을 내렸다. 즉 인류의 조상이 아직 진화의 단계를 벗어나기 전에 군림했던 유인원들은 더운 날씨에 저절로 발효된 잘 익은 포도주를 무척 즐겼기 때문일 것이라고. 술 마시는 원숭이를 생각해보라. 음식으로서는 가장 정신적인 우위를 점하고 있는 술에 대해 새삼스레 존경이 갈 것이다. 하여 그리스인들이 왜 주신酒神 바카스를 그토록 경배했는지도 납득할 수 있을 것이다.

자, 이쯤 하면 술에 대한 최대의 찬사를 아끼지 않았으니 술 마실 줄 아는 남자들이여, '일배 일배 우일배一杯 一杯 又一杯'로 동양의 주선酒仙 이태백을 안주 삼자.

유년의 술

수주樹州는 술 취한 40년을 자랑했지만 나에게 있어서 술을 입대기 시작한 30년은 자랑할 바 못 된다. 그 춥고 배고픈 초근목피草根木皮 시절, 막 거른 남도의 술은 노동하는 우리 아버지들의 피로 회복제요, 간식이며 필수불가결한 일용할 양식이었기 때문이다. 또 쌀이 풍부한 미국米國이 제 나라 돼지에게나 먹일 옥수수 가루로 큰 나라의 폼을 잡을 때 우리의 어린이들은 강냉이죽이나 빵으로 급식을 했고 집에 돌아오면 온 가족이 정종 찌꺼기에다 사카린을 타서 끓인 것으로 연명했기 때문이다. 춘궁기 온 식구들이 둘러앉아 먹는 술 찌꺼기는 그나마 얼마나 맛이 있었던가. 봄볕에 노곤해지는 식곤증을 쫓으며 산으로 들로 나돌아다니는 어린것들은 또 소나무 껍질을 벗긴다, 밭두렁에서 쑥과 냉이를 캔다, 간혹 칡도 발견하면 주둥이 가장자리가 시커멓도록 포식을 하느라 봄날은 흘러갔다.

그 배고픔에서의 어린 시절은 그래서 막노동판에서 돌아오는 아버지가 그렇게 반가울 수가 없는 것이다.

해 질 무렵, 양은주전자에 두 되 넘게 꾹꾹 눌러 담아 주시는 양조장 빨간코 아저씨께 90도 각도로 인사를 하고 힘겹게 들고 오는 5리 넘는 긴 돌담길에 석양은 어떻게 그리도 아름다운지, 어린 소견에 그 귀한 음식이 주전자 주둥이로 흘러넘치는 게 아까워 입으로 조금씩 마셔대던 습벽이 지금도 소중하다. 잘 익은 무 깍두기에 술잔을 놓고 개다리소반에서 묵묵히 기다리시는 성실한 노동자 아버지, 당신은 그래서 막걸리가 반갑고 또 발그레하게 볼이 상기된 아들이 대견스러웠을 것이다. 하여 "옜다, 너도 한잔!" 하고 건네시는 부자대작父子對酌의 모습을 과히 싫지 않은 표정으로 눈을 흘기는 어머니의 표정이 지금도 예쁘다.

그 후, 20여 년이 지난 다음 술과 하직하시기 전에 부산 수영 팔도시장 어느 생맥주 집에서 손자를 안은 주름살의 당신에게 '구루 비루(흑맥주를 젊은 시절 일본에서 즐겨 마신 아버지의 표현)' 다섯 잔을 사 드리고 나름대로 가슴 뿌듯했던 그때를 다시 재현할 수 없음을 서러워한다.

방황의 술

나는 성聖 고은의 방랑시절 글들을 좋아한다. 그것은 출분出奔 → 방황 → 되돌아 옴으로 이어지는 도정道程이 어느 사람들의 추억 속에도 있기 마련이지만 유독 그만이 풍기는 고독이 마음에 닿았기 때문이다. 그래서 혹독한 정신적 방황 가운데에서 문득문득 뱉어지는 '사십가 오십식四十家 五十食(망할 놈의 집이 쉰밥만 준다)' 식의 김삿갓의 풍류와 함께 초겨울 전라도 어느 농가에서 올라오는 저녁 짓는 연기를 보노라면 장가들고 싶어진다는 유의 그의 표현이 내 짧은 지난 시절을 그래도 지탱해주는 활력소였다. 게다가 술 취한 그의 방뇨담은 말할 것 없고….

나는 돼지와 인연이 많다. 어릴 적부터 돼지를 키워온 나로서는 지금도 가능한 유대교인처럼 돼지고기를 꺼리지만 그 돼지로

학교를 다닐 수 있었기에 말이다. 지금은 돼지 사료가 다양해졌지만 당시는 먹이가 변변찮아서 소주의 원료인 고구마를 주정으로 하고 남은 찌꺼기물(당시 '아래기'라고 불렀다)을 자전거로 싣고 와서 돼지에게 겨와 함께 타 먹이는 것이다. 그러면 잘 먹인 '요크셔'들은 술에 취해 자고 또 먹고 취해 자고 하는 식이니 자연 살이 찔 수밖에 없었다. 이 귀한 아래기를 아침 일찍 자전거로 실어 나르는 나는 새벽길에 마주치는 한 교회에 다니는 여학생 때문에 자존심이 무척 상했었다. 따라서 나는 내가 키우는 상팔자의 돼지에게서 힌트를 얻어 나의 약점을 술로써 과시하는 묘안을 얻게 된 것이다. 즉 매주 토요일마다 내가 주관하는 고등부 학생 예배 후 그 여학생을 포함한 회원들을 바닷가 포장술집으로 인도(?)해서 내 술 솜씨를 뽐내는 작은 악마 짓을 하기 시작한 것이다. 그러나 횟수가 잦을수록 나는 교회의 탑이 너무 높다는 둥, 우리만 천당 갈 수 없다는 둥, 크리스마스 새벽송 때 부잣집 빵을 고지대 신도집 마당에 던져주는 등으로 기행奇行을 일삼아 결국 성령이 비둘기처럼 나를 떠나고 말았다.

1972년 12월, 거제도 장승포는 너무 추웠다. 친구 녀석과 나는 지금은 중3 정도에서 오갈 『데미안』에 대해 이야기하고 있었다. 알을 까고 나오는 아픔에서 자연 에바부인 이야기로 옮겨가서 사춘기의 정념을 한잔의 술로 불태우고 있었다.

우리는 또 피난시절 어느 맹인 연주자가 뛰어들어 죽었다는 바닷가를 거닐며 취기 어린 문학관을 이야기했고 그 작은 포구의 처음에서 끝집까지 한잔씩 마신 막걸리에 취해 친구의 자취

방에 들어가 '지겟꾼의 결투' 등등 녀석이 1년 동안 써온 원고지들을 아궁이에 한 장 한 장 집어넣으며 언 손을 녹였다. 그 후, 친구는 광양만으로 생활전선에 뛰어들어 다시는 '알을 까고 나오는 아픔' 등에 대해 이야기를 나눈 적이 없었다.

1974년 마산은 그런대로 불종거리 전성기를 재현하고 있었다. 시인 정진업, 작곡가 조두남 선생 등이 그런대로 복고 분위기를 자아내고 있었고 "고향에 고향에 돌아가도 내 그리던 고향은 아니더뇨?" 하면서 지용芝容의 시도 읊조리는 취한 문인들도 많이 있었기 때문이다. 정 선생은 그날도 주례용으로 받은 흰장갑을 술상에 던지며 "악마의 도시-서울을 규탄한다, 사농공상士農工商을 한탄한다"며 '불사不死의 변辯'을 늘어놓으셨다. 우리는 베토벤의 유언 「하일리겐 슈타트」가 벽 장식으로 된 흑백의 '음악의 집'을 나와 거나한 발길에 가포 해수욕장으로 향했다. 그 자리에는 이선관 형(소아마비 시인)이 취해도 취하지 않아도 표나지 않는 발걸음을 같이했고 찬 바닷바람을 쐬면서 또 술을 마셨다. '숨쉬는 도다리집'인지 정확한 기억은 나지 않지만 오뎅 난로 근처에 큰 진돗개가 웅크리고 있는 것이었다. 분위기에 맞지 않는 고급종이라 의외여서 취한 자의 눈에는 호기심이 자극됐고 노가리 안주를 입으로 물어 그 녀석에게 다가갔으나 아뿔싸! 녀석의 입이 너무 큰 탓인지 노가리를 문 내 입까지 물어 버렸으니… 정신이 번뜩 들어 혀로 입술을 핥아보니 조그마한 공간이 생길 줄이야. '카카' 하고 웃던 선관 형도 사태가 심각함을 깨닫고 개주인을 찾아 바람난 개를 키우는 우愚로 별장지기에게 주인의 소재를 묻고, 약방에 들러 응급처치를 끝낸 뒤, 남은 손해배상금으로 또 히히덕거리며 막걸리집으로 향했으니 .

내 기억 속에 가장 특이한 술친구 중의 한 사람은 '딱불이'라는 이름의 넝마주이이다. 지금은 어디서 무엇을 하고 있는지 찾을 길 없지만 가장 진하게 여운을 남기고 사라져버린 그 친구에게 축복이 있을진저. 유신방학으로 갈 길을 잃어버린 나에게 마산적인 분위기는 너무도 술을 많이 마시게 했다. 당시 교도소가 헐리고 폐허를 연상케 하는 자리에 우리의 친구들이 지은 이름 '못난이 술집'—전등도 없고 늙은 개와 할머니와 외손녀 못난이 그렇게 세 가족이 지키는 우리의 술집 '못난이'에서 통금이 가당찮다는 듯이 촛불을 켜고 그렇게 술을 마셔댔다. 노래 부르는 놈, 그림 그리는 친구, 나비병(특별한 일 없이 우울하거나 쾌활한)에 걸린 여자, 안 팔리는 시집을 세 권째 펴낸 시인 등이 모여 앉아 촛불을 켜고 술들을 마셔댔으니 이 지구상에서 그처럼 환상적인 술집이 있겠는가?

그날도 우리는 통금을 넘기면서 못난이 할머니는 "너거 마음대로 동이에 술이나 퍼묵거라" 하고 주무신 지 오랜데 우리의 마음의 친구 딱불이가 삐걱거리는 문을 열고 들어선 것이다. 넝마를 넘기고 한 손에 그 귀한 양주 한 병을 들고 들어온 것이다. 바닥에 파묻은 막걸리 동이는 동나고 촛불도 사위어져 가는 틈 사이로 딱불이는 들어선 것이다. "이거 술집 청소해주고 째빈(훔친) 것인데 갈라 묵읍시더!" 하고 내놓는 새로운 주연酒宴에 취흥이 도도해져 까무러진 지 오랜데 한기가 들고 머리맡에는 온기가 남고 해서 깨어보니 그 폐허에 모닥불을 지키고 딱불이가 앉아 있는 것이 아닌가!

딱불이는 부산이 집인데 아버지의 외도에 가출해서 넝마주이를 하는 의리의 사나이였다. 그의 가출벽이 이제는 끝났는지 어쩐지는 알 수 없지만 못난이 술집시대에 가장 특출한 인물이었던 딱불이를 지금이라도 만나면 가장 독한 술로 한잔 사고 싶다.

체념의 술

누룩선생은 인생의 가장 독한 부분을 녹이고 가장 연한 부분을 강하게 만드는 것인가. 옛 우리 할머니들이 부엌 온기 있는 곳에 놓아둔 막걸리가 식초로 삭는 것처럼 앙금이 남는 주력酒歷 30년은 그래서 돌이켜보면 허망도 있다. 뻔히 남의 부인이 되는 줄 알면서도 추운 바닷가에서 마주해 '빈 병에 별이 떨어진다', '술은 입으로, 사랑은 눈으로' 식의 술, 여름 뒷문을 열고 막걸리로 사흘간 오기를 발한 인범 형(수필가 김소운 선생 아들)의 만남 등이 엊그젠데 지금은 뜻 맞는 술친구들 모두 헤어지고 답답한 집 부근 맥줏집에 앉아 있다. 저녁 8시 집 앞 언덕에 말('포니' 차의 우리말)이 뻔히 주차해 있는데도 코가 삐뚤어져 새벽녘에야 들어서는 남편을 딱한 듯이 보는 마누라에게 "임마, 술 마시는 남자는 아침 문턱을 넘으면 잊고, 문턱을 넘어 들어오면 남편으로 모셔" 하는 식으로 대갈일성을 하든가 집 근처에서 마시는 술은 음주운전 걱정 안 해 좋다는 아전인수격의 논리로 일관해온 9년의 부부생활이었다. 하기사 벽 같은 세상 살면서 바깥일 안에서 모르게 안의 일 바깥이 모르게 사노라면 한 잔 술로 상한 속 툴툴 털어버리는 것이 제일 상책이라 자위해본다. 그래서 아는 이 만나면 내 몸 짜면 술이 얼마나 나올까 농도 걸고 죽으면 묘비명에 "술이 좋아 술로 살다 여기 가련한 사람 술로 가니 내 어여삐 여겨 한잔 술로 위로한다"고 쓰겠노라고 비아냥거리기도 한다.

하기사 술 마시는 사람치고 주정꾼은 있어도 악인은 없다는 말이 있다. 전날 술로 술기운이 채 가시기도 전에 퇴근 후 '술시'만 되면 출출해지는 심사를 술 못 하는 사람들은 알 수 있을까? 술은 그만큼 복잡한 한세상을 사노라면 정신적인 스트레스의 훌륭한 처방이요, 또 사람과 사람을 이어주는 가교인 셈이며, 외롭고 고독한 이들에게는 친구이자 애인이요, 생활에 윤활유로 작용한다.

그러나 술은 마시는 귀중한 음식으로 기억해야 한다. 술을 우습게 여기거나 가볍게 생각하고 함부로 대하면 반드시 보복을 당하게 마련이다. 이 야누스적인 속성을 가진 인류의 가장 훌륭한 양식을 나는 존경한다. 비록 사나이 이 세상 태어나 뜻한 바 큰일 못 이루고 술 한잔에 시름 달랜다 쳐도 내가 있어 술 있으니 술에 술 탄 듯 물에 물 탄 듯 흐르는 술인생 또한 나쁠 것 없으리라.

그래서 나는 사람 사이를 부드럽게 흐르는 술을 노자가 『도덕경』에서 말하는 "흐르는 물이 시간이 가면 단단한 돌을 이기는 법"의 부드러운 것이 강한 것을 이긴다는 논리로 자위해 본다.

그렇다. 부드러운 술로 딱딱하고 강한 세상을 헤쳐가는 지혜를 배워보라.

비록 한잔의 술이지만 내 마음 속의 온갖 것을 극복하는 체념의 술로 승화시키는 방법을 터득할 일이다.

각설하고 술 한잔 대접 없이 이 글을 읽게 한 독자들이여 미안하다. 졸작시로 술을 대신하면서 건강하게 한잔하시라.

갑자기이세상이 벽으로 보이면
푸념으로 한잔 술이나 마실까

먼지와 바람, 감정, 분노 같은 것도
털어버리고 한잔 술이나 할까

귀걸이 코걸이
아침에 삶 저녁에 死

그렇게 생각해도 내 한 몸
먼지와 바람으로 날려갈까

벽같은 세상 마주보고 살면
내 마음도 벽 같아질까

푸념도 분노도 아닌

한잔 술이나 마시고
웃고 살면 되는 걸까

귀걸이 코걸이
약한 자 슬픈 자만 남아
한잔 술이나 할까

-시집 『야인기』 중 「한잔 술이나 할까」

(〈예술시대〉 테마 에세이집
『생명의 물속에 달이 떴다 하니』에 수록, 1988. 6)

3부

강단에서

'수구리족'과 모바일 세대, 그리고 소통 부재

"고개를 숙이다"라는 의미로 경상도 사투리에 '수구리'란 말이 있다. 군대 갔다 온 사람들 농담에도 자주 등장하는 이 말에서 나온 '수구리족族'이 요즘 유행하고 있다 한다. 직역하자면 "고개 숙인 사람들"이란 뜻으로 길을 가든, 친구와 차를 마시든, 부부간에 밥을 먹으면서든 손안의 휴대전화를 보느라 고개를 숙이고 사는 휴대전화 중독에 걸린 사람들을 가리키는 말이다.

휴대전화에 대한 용어와 개념 정의는 아직 통일된 게 없지만 SNS(social network service)의 대표 주자로 개인 미디어로까지 진화한 '손안의 인터넷 통신 장비'라는 뜻으로 스마트폰이 가장 많이 쓰이고 있다. 단순한 음성통화에서 출발해 무선인터넷 망을 통한 각종 정보 검색과 음악, 동영상까지 받아 보고 화상통화도 할 수 있으니 시공時空을 초월한 그야말로 스마트한 기기임은 틀림없다.

한국의 휴대전화 보급률은 세계 최고 수준이고, 특히 스마트폰 보급률은 최근 통계를 보면 휴대전화 가입자의 67%로 세계 1위라고 한다. 이 같은 수치는 IT 강국답게 휴대전화나 스마트폰을 만드는 한국 제조업체들과 통신회사의 집요할 정도로 끊임없는 판촉활동 때문이기도 하다. 울던 아이도 스마트폰을 주면 울음을 뚝 그치고 익숙하게 손가락을 스쳐 게임을 하고, 초등학교 학생들은 휴대전화나 스마트폰이 없으면 '왕따'를 당한다니 어느 부모라고 안 사주고는 베길 재간이 없을 것이다. 그래서 세대를 구분하는 말 가운데 영상 매체에 친숙한 비디오 세대에서 이제 휴대전화에 빠진 세대를 모바일 세대로 바꿔 부르기도 한다.

그런데 한국의 청소년들, 젊은이들이 많이 갖고 있는 스마트폰이 비용 부담만큼 과연 순기능을 하는가에 대해서는 염려하는 시각이 많다. 공부하는 학생들에게는 수업의 집중도를 떨어뜨리고, 눈만 뜨면 찾게 되는 휴대전화는 포털에서 제공하는 흥미 위주의 '실시간 급상승 순위' 내용 검색과, 친구들과 쓸데없는 문자 메시지 남발과 댓글로 말 그대로 '대화의 감옥'에 살게 한다. 오죽하면 대학 도서관 현수막에는 해마다 독서의 계절에 맞춰 "검색보다 사색을!"이란 문구를 내달았을까?

지하철이나 버스 등 대중교통 수단 안의 풍경은 또 어떤가? 이른바 '수구리족'들이 정수리만 보인 채 휴대전화에 몰입하고 있고, 길거리에서는 휴대전화와 연결된 이어폰을 끼고 손바닥 안을 들여다보고 걷느라 교통사고의 위험도 높은 실정이다. 심한 경우 집에서는 부부가 한 침대에서도 휴대전화로 "자기야 뭐해?"라는 문자 메시지를 주고받고, 아이들은 자기 방에 틀어박혀 기성세대들이 이해하기 어려운 이모티콘("ㅋㅋㅋ", "ㅎㅎㅎ" 등) 같은 부호 놀이 하느라 가족 간에 대화가 끊긴 지 오래다. 디지털 멀티미디어 시대에 첨단 통신장비가 오히려 진정한 인간 소통을 막고 있는 셈이다.

소통의 다른 말인 커뮤니케이션 가운데 인간 커뮤니케이션은 서로 얼굴을 보고 대화하는 'face to face' 즉 대면對面 커뮤니케이션을 기본으로 한다. 이때 얼굴을 본다 함은 그 사람의 얼굴을 보고 말하는 것이다. 상대가 나를 보고 말을 하고 있는데 딴청을 부린다거나 시선을 다른 곳으로 돌리면 실례가 된다. 또 상대의 말을 제대로 이해하지 못하고 아무 반응을 보이지 않으면 대화(dialogue)가 아니라 독백(monologue)이 되고 만다.

원만한 대화란 상대의 말을 잘 듣고 답하는 식으로 서로 말을 주고받으면서 이해의 폭을 넓히는 것이다. 그만큼 사회생활에서 소통이 차지하는 비중은 대단히 크고, 아무리 통신 수단이 발달해도 사람과 사람이 직접 만나 대화하는 아날로그적인 가치는 여전히 중요하다.

정현종 시인은 "사람들 사이에 섬이 있다/그 섬에 가고 싶다"(「섬」 전문)라고 사람과 사람 사이에 섬처럼 고립되고 단절돼 있는 현실을 안타깝게 여기고 그 섬에 가닿음으로써 소통하고 싶은 열망을 표현한 바 있다.

개인 미디어를 포함한 각종 뉴미디어의 진화는 그 끝을 모를 정도로 하루가 다르게 바뀌고 있다. 테크놀로지가 문화도 바꾼다는 '기술결정론'적 관점에서 볼 때 손안의 휴대전화를 이제 그만 놓아버리자는 구호는 대단히 공허하다. 다만 인간관계에서 중요한 소통 문제를 고려해, 어릴 때부터 문명의 이기利器를 현명하게 사용할 수 있도록 지금부터라도 지도해나갈 필요가 있다.

유달리 춥고 긴 겨울을 보내고 맞은 봄! 자연은 온갖 아름다운 신호를 인간에게 보내고 있다. 손바닥만 들여다보느라 고개를 숙이고 다니기에는 너무 좋은 계절이 아닌가?

(2013. 3. 25)

그래서 여러분에게 미안합니다!

> 이렇게 될 것이라고는 예상하지 않았습니다. 여러분이 졸업하면서 아직도 기본적인 인권을 위해 투쟁하고 있는 세상 속으로 들어가야 한다고는 생각하지 못했습니다. 세상은 여전히 이민자와 동성애자, 그리고 여성의 권리를 두고 논쟁하고 있습니다. 여러분이 여전히 석유가 정책을 좌우하고, 환경 보호론자들이 끊임없는 싸움을 벌여야만 하는 세상 속으로 들어갈 것이라고는 생각하지 않았습니다. 그렇게 생각하지 않았지만, 현재의 여러분은 그렇습니다. 그래서 여러분에게 미안합니다.

2006년 〈뉴욕 타임스〉 발행인 아서 설즈버거 주니어가 뉴욕주립대학에서 졸업생을 상대로 했다는 연설이다. 인권 문제는 그렇다 치더라도 석유 정책과 환경 부문에 들어가면 오늘 날 한국사회와 비교해 다소 낭만적인 멘트라는 생각이 든다. 그럼에도 갓 사회에 첫발을 내딛는 천둥벌거숭이 졸업생들에게 기성세대가 갖는 일말의 진정성이 느껴져 "미안하다"는 말의 울림이 크다.

나는 적어도 12년 이상 제도권 교육을 받고도 왜 대학을 가야 하는지 정확한 이유도 모른 채 대학에 들어온 새내기 대학생들을 볼 때마다 풋풋한 기대와 불확실한 미래에 대한 걱정이 뒤섞인 묘한 기분이 든다. 그들에게 이제 캠퍼스의 낭만을 마음껏 누리라고 말하기에는 전망이 너무 어둡고, 지금부터 취직 걱정을 하라고 조언하기에는 그들은 너무 젊다. 이런 딜레마에서 적어도 내가 해줄 수 있는 말은 과거의 경험과 내가 살아온 방식, 그리고 미래에 대한 젊은이들의 책임 의식이다.

근대 역사에서 대한민국만큼 역동적인 나라도 드물다. 1950년 진쟁 전후 한국은 원조를 받는 최빈국 수준의 농경사회였고, 60~70년대 산업사회 진입으로 경제 부흥과 함께 단군 이래 처음으로 굶주림에서 벗어났으며, 90년대 이후 정보사회에 진입하면서 이제 원조를 주는 나라로 바뀌었다. 생각해보라! 불과 60년 만에 농경사회에서 산업사회로, 그리고 정보사회로 바뀌면서 이처럼 경제부흥을 이룬 역동성을…. 그 과정에서 정치적인 민주화가 더뎠고 남북 분단이라는 민족 최대의 아픔이 남았지만.

나는 한국사회의 이 같은 역동성을 교육에서 찾고자 한다. 60~70년대 우리의 가난한 농촌 부모들은 논밭과 소를 팔아서라도 자식을 대학(당시 사학들을 소뼈로 쌓은 탑이라는 뜻으로 '우골탑'이라 불렀다)에 보냈으며, 도시의 어머니들은 머리카락이라도 잘라 자식을 공부시켜 '삭발의 모정母情'이란 말이 나돌기도 했었다. 부존자원이 빈약한 한반도 남쪽에서는 사람이 유일한 자원이었으며, 미국의 오바마 대통령도 부러워할 정도로 높은 교육열과 향학열이야 말로 오늘 우리가 누리는 부富의 원천인 것이다. 이처럼 교육입국教育立國의 첨병 역할을 해온 한국의 대학들이 작금엔 졸업을 앞둔 학생들을 보고 전전긍긍 연민에 빠지는 이유는 어디에 있는가?

바로 취업 걱정 때문이다. 취업률로 대학 지원의 중요한 잣대를 재는 정부의 교육 정책도 문제지만 대학이 과연 무엇 하는 곳인가? 하는 정체성의 혼란이 더 큰 문제라고 생각한다. 대학 교수가 본령인 학문을 가르치고 학생은 전문지식과 지성인으로서의 그릇을 연마하는 상아탑 본래의 모습은 오늘에 이르러서는 너무 비현실적인 것인가? 대학이 '직업인 양성소'나 '취업 상담소'로 전락하는 현실에 대해 정말 통렬한 성찰이 필요한 때이다.

나는 학기 초 새내기 대학생들에게 묻는다. 대학은 무엇 하는 곳인 것 같으냐고. 또 묻는다. 여러분은 왜 비싼 등록금을 내면서 대학을 다녀야 하고 또 대학에 갈려고 영문도 모른 채 그렇게 입시공부에 매달렸느냐고. 이 물음은 나에게도 여전히 유효하다. 적어도 60~70년대 우리의 부모들은 대학이 무엇 하는 곳인 줄은 몰랐지만 자식은 어떡해서라도 대학에 보내 사람 대접받고 살게 하려는 다소 맹목적이긴 하지만 엄혹한 철학이 있었고, 자식들은 부모의 기대에 부응하기 위해 노력했으며 나아가 인류의 고난에 대해 박애정신에 기초한 진지한 토론도 막걸리 잔을 놓고 벌였었다. 그런데 오늘날 학부모들의 맹목적인 교육열은 어디에서 기인하고 있고, 자식들의 이기심에 바탕을 둔 높은 부모 의존도는 도대체 언제까지 갈 것인가?

독일의 교육자이자 철학자인 칼 야스퍼스는 "대학은 학생 개

개인이 자신 앞에 다가오는 문제들을 스스로 해결할 수 있는 능력을 키워주는 곳"이라고 말했다. 물론 대학을 다니지 않아도 성인이 되면 자기 문제는 자기 스스로 해결해야 한다. 그렇지만 지성의 전당인 대학을 나온 사람은 자신의 문제뿐 아니라 차원이 다른 문제 해결을 요구하는 것이다. 개인적인 문제에서 지역과 국가와 인류가 안고 있는 문제까지 자신의 문제로 인식하고 해결 방법을 고민하는 더 높은 차원의 문제 인식을 하라는 것이다.

아무 생각 없이 대학에 들어와 아무 생각 없이 학교에 다니다가 막상 졸업 때가 되면 두려워 졸업을 연기하는 학생들! 정작 자신의 문제가 무엇인지도 모르는 그들에게 교수와 학교는 과연 어떻게 해야 하는 것일까? 여기에 대학사회의 고민이 깊고, 또 졸업을 앞두고서야 직장이나 진로 문제 때문에 전전긍긍하는 학생들이 안쓰럽고 미안한 마음이 드는 것이다.

어쨌든 문제 해결의 출발은 바로 자신 앞에 놓인 문제가 무엇인가를 스스로 인식하는 데서 출발해야 한다. 일찍이 소크라테스도 "너 자신을 알라!"고 무지無知한 자신에 대한 지知를 강조했고, 공자도 제자들을 모아놓고 오죽하면 "어떻게 할까? 어떻게 할까? 하고 말하지 않는 사람은 나로서 어떻게 해줄 수가 없다"(『논어』「위령공편」)고까지 했을까?

(2013. 5. 20)

저마다 있는 곳에서 주체적인 삶을!

방학 때 가끔 학교를 나와 보면, 학기 때와 너무나 다른 학교 분위기에 스스로 놀란다. 텅 빈 강의실에 한적한 교내 도로와 건물 사이사이로 쏟아지는 햇살들. 연구실에서 하는 일 없이 이런 저런 책들이나 뒤적이고 있노라면 강의시간에 늦을까 발걸음을 재촉하는 소리들, 친구들과 하하 호호 웃으며 지나가는 학생들의 소리가 환청처럼 들리기도 하면서 그들이야말로 진정 학교의 주인이라는 사실을 새삼 실감한다.

영국의 수필가 찰스 램의 글로 기억하는데, 인생에서 가장 기뻤던 날에 대한 회상에서 어린 시절 부모와 떨어져 엄격한 학교 기숙사 생활을 하던 작중 인물이 방학을 맞아 집으로 돌아가기 위해 기숙사에서 짐을 꾸리고 있는데 멀리 정거장에서 기차 기적 소리를 들었던 때가 가장 가슴 설레던 때라고 썼다.

누구나 인생에서 이 같은 가슴 설레거나 즐거운 경험들은 한두 가지씩 가지고 있을 것이다. 특히 학생들의 경우 방학은 '공부하는 고통(學苦)'에서 벗어난다는 의미에서 가장 기다려지는 때이기도 하다. 학생이면 모름지기 학업이 으뜸이지만 비자발성을 전제로 할 때 공부야말로 고통으로 느끼는 게 보편적인 정서일 것이다. 빠듯한 수업 일정과 어쩔 수 없이 들어야 하는 지루한 강의에서 벗어나 평소 하고 싶었는데 시간이 없어 미뤄두었던 일이거나 오프라인으로 가고 싶었던 낯선 곳으로의 여행, 또는 누군가와 만남은 젊은 날의 로망이자 분명 인생의 소중한 추억이기도 하다.

일상에서 벗어나 일종의 해방감을 느끼는 이 같은 일탈逸脫의 체험은 그러나 다시 일상으로 돌아옴을 전제로 한다. 돌아올 곳이 있기에 떠남이 그만큼 소중해지기 때문이다. 모든 것에서 아쉽고 부족함을 느끼는 학창시절에 하루 빨리 사회에 나가 돈을 벌어 평소 갖고 싶고 하고 싶은 것을 마음껏 누리리라 기대하지만 막상 '방학 없는 사회생활'을 해보면 아무 걱정 없이 자유분방하게 살면서 공부만 하면 되던 대학생 시절이야말로 다시 돌아가고픈 그리운 때인 것이다.

누구든지 인생의 황금 시기는 늘 지나고 나서야 알게 되고 돌아가고 싶어도 다시 돌아갈 수 없는 단 1회성의 유한한 삶을 우리는 살고 있다. 얼마 전 젊음의 아름다움을 그리워하는 노시인과 10대의 사랑을 그린 한국영화 〈은교〉에서 "젊음이 너희가 노력해서 얻은 상이 아니듯이 늙음도 내가 잘못해서 받은 벌이 아니다"라는 대사가 인구에 회자膾炙된 적이 있었다. 또 잘못 중에서 가장 큰 잘못으로 '젊음을 낭비한 죄'가 부각되기도 했다. 그래서 속담에 "개똥밭에 굴러도 이승이 낫다"는 말이 나이 먹어갈수록 실감나고 "빨리 죽어야지" 하는 한탄은 노인의 가장 큰 거짓말 가운데 하나이기도 하다.

벨기에 작가 모리스 메테를링크라는 사람이 쓴 『파랑새』라는 메르헨(어른이 읽는 동화)에는 두 형제가 잃어버린 파랑새를 찾아 헤매다 집에 돌아와 보니 그토록 찾던 파랑새가 새장 안에 있더라는 이야기가 나온다. 이 글의 핵심은 행복이라는 이름의 파랑새는 멀리 있는 것이 아니라 가까이 있음을 강조한 것이다. 그런데도 젊은 시절 우리는 행복이 항상 멀리 있는 줄 알고 찾아 방황하다 시간이 훨씬 지난 뒤에야 비로소 행복이 가까이, 내 안에 있음을 알아챈다.

얼마 전 중국 운남성 지방을 여행한 적이 있었다. 해발 3,000미터 이상 고원지역으로 티베트와 인접한 중티엔(中甸)은 영국 작가 제임스 힐튼의 소설 『잃어버린 지평선』 때문에 서양에서는 이상향理想鄕을 뜻하는 '샹그릴라(香格里拉)'로 잘 알려져 있고, 중국 정부도 이곳이 샹그릴라임을 공식 발표했었다. 만년설로 뒤덮인 옥룡설산을 해발 4,680미터까지 숨차게 오르며 나는 무릉도원이나 이상향은 사람들의 마음속에 있음을 실감했다. 실제로 티베트어로 샹그릴라는 '마음속의 푸른 해와 달'이라는 뜻이라 한다.

임제臨濟 스님은 "가는 곳마다 주인이 되고, 서 있는 곳마다 참되게 하라(隨處作主, 立處皆眞)"는 어록을 남겼다. 어디에 있든지 참되게 주체적인 삶을 살라는 뜻으로 풀이할 수 있겠다. 한 사람의 삶은 주인이 따로 있고 어느 누구에게 종속된 것이 아니라 가장 자유롭고 평등하게 살도록 저마다 부여받은 소중한 존재 이유인 것이다. 개중에 인생의 황금기인 젊은 시절 자신의 삶에 대한 진지한 성찰과 세계에 대한 인식을 새롭게 할 수 있는 가장 소중한 시간이 바로 방학이다. 방학은 공부에서 해방되는 시기이기도 하지만 학교라는 좁은 세계에서 벗어나 몸과 마음이 넓은 세상을 향해 열리는 기회의 시기이기도 하다.

방학을 맞아 학생들이 떠나 조용한 캠퍼스를 거닐며 이런저런 생각에 사로잡히다가 떠오르는 최근의 지극히 현실적인 이슈 하나! 바로 오는 2018년이면 한국 대학들의 전체 입학 정원이 고등학교 졸업자를 최초로 넘어선다는 것. 대학 입학 문이 그만큼 넓어진다는 것이고 학교의 주인들이 점점 줄어든다는 것이다. 이 때문에 대학들의 구조 조정이 불가피해졌고, 특히 학생 유치를 놓고 지방대학들의 위기감이 더 높아지고 있는 작금이다. 이에 따라 대학 구성원들의 상호 역할과 대학의 존재 이유에 대한 진지한 고민이 필요해지고 있다.

비록 짧은 기간이긴 하지만 인생에서 가장 소중한 한때를 캠퍼스에서 보내야 하는 젊은이들! 대학의 진정한 주인인 이들이 방학을 잘 보내고 학교로 돌아와 캠퍼스가 또다시 활기 넘치게 되면 학교도, 학생들도 한결 성숙해져 저마다 있는 곳에서 보다 주체적이고 자유 분망한 대학사회가 되도록 서로 노력하는 모습을 기대해본다.

(2013. 7. 29)

잡초는 없다

에피소드-1. 은퇴 후 귀촌생활을 한다며 10여 년 전에 촌집을 장만해두었다. 도시 직장인들의 로망인 전원생활을 해보겠다고 낡은 지붕을 고치고 마당에는 잔디를 심고 정원수도 몇 그루 옮겨 심느라 퇴직금의 상당액을 들였다. 그런데 은퇴 후에도 일이 생겨 자주 들르지 못하자 마당에 풀들이 반란을 일으켰다.

민들레부터 토끼풀, 질경이, 쑥 등을 비롯해 잔디보다 억세고 성장 속도도 빠른 온갖 잡초들이 다투어 자라나 마당을 뒤덮는 게 아닌가! 할 수 없이 마을 노인들에게 일당을 줘가며 잡초 제거를 해보지만, 1년 내내 그렇게 할 수는 없고, 봐가며 마당이 너무 험하지 않을 정도로 뽑아주고 있다. 잡초와 신경전을 벌이다 보니 귀촌생활이 그렇게 녹록지 않은 일임을 깨닫게 됐고, 이웃 노인들 집의 포장된 마당을 보면서 농촌 생활이 '잡초와의 전쟁'이라는 말을 실감하고 있다.

그러던 차, 얼마 전 뉴질랜드에서 녹색의학 관련 일을 하는 한 교포의 동영상 강의를 볼 기회가 있었다. 이분의 말씀 요지는 "세상에 잡초는 없다. 다만 (식물의 효능이나 쓰임새를) 모를 뿐이다. 사람도 마찬가지다"라는 것이다. 먹이사슬에서 하위구조인 식물이 차지하는 비중이나 한의학에서 말하는 약초의 효능에 대해 막연히 알고 있었지만, 이름도 잘 모르고 마당을 뒤덮는 성가시고 쓸모없는 풀에 지나지 않은 잡초라는 이름의 녹색식물의 중요성에 관한 설명에 적잖은 충격을 받았다. 한자로 약藥은 풀초艸에 즐거울 락樂의 합성어로 풀을 잘 만나면 즐겁고 좋아진다는 뜻이며, 영어로 메디신(medi-cine)은 식물에서 추출한 약을 매개로 건강의 균형을 이룬다는 중간(middle)과 균형(balance)의 라틴어에서 왔다는 것이다. 먹이사슬의 최하위인 식물도 이럴진대 하물며 만물의 영장인 사람의 소중함이야….

에피소드-2. 추석 연휴를 맞아 부모님 산소를 둘러보고 왔다. 해마다 추석을 앞두고 사촌들이 모여 벌초를 해왔는데 올해 성묘 때는 같이하지 못하고 뒤늦게 갔더니 산소들이 말끔히 단장돼 있어 여간 보기 좋은 것이 아니었다. 벌초에 가장 공이 큰 사람은 바로 시골에 사는 나보다 한 살 위 사촌 형이다. 이 양반은 성묘일이 잡히면 늘 하루 전에 비탈져 가파른 곳의 산소부터 말끔히 벌초를 해두어 도시에 사는 사촌들의 일손을 덜어주고 있는데, 그 위험한 예초기를 익숙하게 다루는 솜씨가 예사가 아니라서 마음속으로 감탄을 금치 못한다. 그 사촌 형을 볼 때마다 나는 "못난 나무가 조상을 지킨다"는 말을 떠올린다. 초등학교를 중퇴한 형은 젊을 때 객지를 떠돌며 고생을 했지만 나이 들고부터 고향에 정착해 농사를 짓고 늙은 부모를 봉양하며 집안의 대소사를 도맡아 하고 있다.

노자 『도덕경』에 "굽은 것이 온전하다"는 뜻의 곡즉전曲則全이라는 구절이 있다. 각종 해설서에 공통적인 비유는 "굽은 나무가 온전히 제 수명을 누린다"는 것이다. 모순어법(oxymoron) 같지만 가만히 생각해보면 죽죽 뻗어 곧게 잘 자란 나무는 제 수명을 누리지 못하고 큰 집의 기둥으로 잘려나가고, 가지가 굽어 반듯한 재목으로 쓰기 어려운 나무들만 살아남아 무덤가에서 조상 지키는 것이 앞에 예를 든 나의 사촌 형과 너무나 닮은 말이 아닌가 싶다. 또 잘난 아들은 나라의 기둥으로, 해외동포로 빠져나가고 농촌에는 못난 자식과 노인들만 남았다는 항간의 푸념이 현 세태를 반영하고 있기도 하다.

> 장자도 큰 줄기는 뒤틀리고 옹이가 가득해서 먹줄은 칠 수 없고, 작은 가지들은 꼬불꼬불해서 자를 수 없는 큰 가죽나무가 쓸모없다고 걱정하는 혜자惠子에게 그 나무를 '아무것도 없는 고을(無何有之鄕)' 넓은 들판에 심어놓고 그 주위를 '하는 일 없이(無爲)' 배회하기도 하고, 그 밑에서 한가로이 낮잠이나 잘 것을 권하고 있다. 이것이 바로 노장사상의 핵심인 '쓸모없음의 쓸모(無用之用)'이다.
>
> -『장자』 소요유 「쓸모없는 나무」 편, 오강남 풀이, 현암사, 2009

노자나 장자 모두 어법이 모순이지만 만물의 원형은 극과 극이 통하는 '모순의 통일'을 강조하면서 그 원형을 아직 다듬지 않은 통나무 박樸에 비유하고 있다. 다듬지 않은 통나무를 쪼개면 그릇이 되면서 분화와 구분이 생기고 대립과 갈등이 조성된다는 것이다. 그들이 주장하는 것은 만물의 이치가 사람 위주의 인위적인 구분과 가름(분할)을 경계하고 자연 그대로의 존재 자체를 으뜸의 가치로 삼으라는 것이다.

노자나 장자의 이 같은 논리를 앞의 잡초와 굽은 나무, 그리고 못난 사람의 존재 가치와 병치시켜보면 답은 명확해진다. 세상에 잡초나 쓸모없는 나무나 못난 사람은 없다는 것이다. 세상에 존재하는 모든 잡초나 굽은 나무나 못난 사람은 굽거나 못난 대로 저마다 존재 이유가 있고, 따라서 인위적인 기준으로 존재 가치를 매겨서는 안 된다는 것이다.

최근 읽은 한 책에서 지구의 나이는 45억 년이고 지구에서 한 종種의 평균 수명은 400만 년인데 비해 현생인류(homo-sapience)는 고작 40만 년에 지나지 않는다고 한다. 따라서 지구를 지배하고 있는 현생인류도 공룡처럼 먼 훗날 사라질 것이며 지구라는 행성에서 가장 끈질기게 생존할 수 있는 확률이 높은 종은 인간이 하잘것없는 생명체로 분류하는 이끼나 잡초가 될 것이라 한다. 하지만 자연계의 모든 생명체는 스스로 개체수를 조절하면서 주위 환경과 조화를 이루고 살 줄 안다. 다만 인간만이 자연과 대립각을 세우며 인간의 잣대로 자연과 생명체를 재단하고 인간 자체에도 등급을 매기고 차별한다.

인간 위주의 이러한 가치관에 따라 잡초는 없애야 할 쓸데없는 풀이고, 못난 사람은 천대받아 마땅하다는 차별심이 생기는 것이다. 그러나 마당의 잡초는 뽑힐지언정 없애지 못하고 인간사회에는 목욕탕 때밀이부터 길거리 청소부까지 없어서는 안 될 꼭 필요한 사람의 역할이 얼마나 많은지 모른다. 세상에 버려야 할 것, 쓸데없는 것은 하나도 없다. 다시 말하지만, 잡초는 없다. 사람도 마찬가지다!

(2013. 10. 7)

심심해지자!

인류 진화의 역사상 가장 위대한 사건은 숲속에 살던 유인원(오랑우탄)이 두 발로 걸어서 평원으로 나온 것이다. 그들은 자유롭게 된 두 손으로 도구를 들어 사냥했고 머리는 밤하늘을 바라보며 사색했다. 두 발로 굳건히 대지를 딛고 머리는 하늘을 향한 이 자세야말로 현실과 이상이라는 균형 잡힌 인간의 모습인 것이다. 또 크로마뇽인들은 추우면 짐승의 가죽을 기워 입고 동굴에서 불을 피우고 벽화를 그렸다. 벽화는 인간의 조상들이 남긴 가장 창의적인 예술 행위이며 동물과 인간을 구분하는 기준이 되는 '여유'에서 비롯됐다고 학자들은 말한다.

동물의 세계를 다룬 다큐를 볼 때마다 느끼는 것은 사냥하는 동물들은 먹이를 잡아놓고도 끊임없이 주위를 살핀다는 것이다. 먹이사슬의 상위인 사자마저 어린 양을 잡고도 안전한 곳으로 물고 가서야 새끼들과 함께 뜯어먹으며 혹시 먹는 동안 다른 사자나 하이에나가 자신이나 새끼들을 공격하지 않을까 촉각을 곤두세우고 조심한다. 야생에서 살아남기 위해 온 신경을 쏟으며 생존이라는 안 보이는 우리에 갇혀 사는 동물의 이 같은 조건을 '생존의 우리'라고 부른다.

생존의 우리에서 해방된 인간들은 필요한 만큼 얻으면 나머지

시간은 즐겼다. 오늘날 열대 밀림에 극히 적게 남아 있는 원시 공동체가 이를 입증한다. 심지어 13세기 영국의 농노들도 하루에 기껏해야 6시간 미만으로 일을 했다 한다. 그런데 산업이 발달한 19세기 영국의 노동자들은 하루에 13시간 이상 일을 하고도 끼니를 못 때우고 허덕였다. 인간이 생존의 우리에 다시 갇힌 것이다. 문명이 800년 이상 후퇴한 이 같은 현상을 마르크스는 여유와 부富의 척도가 되는 잉여 생산물을 생산수단을 가진 자본이 가져갔기 때문이라고 주장한다.

찰리 채플린의 무성영화 〈모던 타임즈〉에서 보여주듯 산업 전사들이 기계가 톱니바퀴처럼 맞물린 공장에서 쉼 없이 나사를 조이고 부품을 조립하던 20세기는 모든 실적을 결과로 말하는 규율사회였다. 이솝우화에서 말하는 개미가 아무리 열심히 일해도 놀고먹는 베짱이를 따라잡지 못하는 역설이 생긴 것이다. 한국도 "우리도 한번 잘 살아보세!"라며 피땀 흘려 일해 세계가 부러워하는 '한강의 기적'을 이뤘지만 지금은 중산층이 점차 줄어들고 빈부의 양극화가 심화되면서 학비에도 못 미치는 대학생 아르바이트와 88만원 세대, 비정규직 문제 등은 해법이 없는 사회문제가 되고 있다.

연말이 되면 송년회 등 좌석에서 저마다 돌아가며 건배사를 한다. 최근 들은 가장 인상 깊은 건배사는 어느 중견 기업인의 "된다! 된다! 잘 된다! 더 잘 된다!"였다. 모두가 "어렵다! 안 된다! 불안하다!"는 부정적인 분위기에서 나온 이 구호는 긍정의 극치를 이루며 자리를 밝게 만들었다. 일종의 집단 최면과 같은 긍정의 멘트였던 것이다. 그러나 곰곰이 생각해보니 우리가 얼마나 오랫동안 '예스 위 캔'이라는 복수형 긍정의 구호에 익숙해져 있는가를 알게 되었다. 오죽하면 '코란도(KOREA CAN DO의 준말)'라는 이름의 자동차가 공전의 히트 상품이었는지 기억해보시기를….

이러한 긍정성의 과잉에 대해 재독 철학자 한병철은 '~해서는 안 된다'는 부정성의 규율사회에서 '~해야 한다'는 당위성과 과잉 긍정성의 성과사회로 넘어오면서 사람들은 다른 사람의 강제가 아닌 끊임없는 '자기 착취'를 통해 성과에 몰입하게 되고, 성과에 대한 압박과 '노동만 하는 인간'의 결과, 다 타서 꺼져버린 탈진한 영혼의 표현인 '소진증후군'과 낙오에 대한 우울증, 주의력결핍과잉행동장애(ADHD), 경계성 성격장애 등 시대적 신경성 질환들이 나타난다고 진단한다(『피로사회』 중에서).

그 예로 오늘의 한국을 이룩한 전후세대와 직장에서 은퇴하기 시작한 베이비부머 세대들은 '일중독'에서 벗어나자마자 정체성에 심한 혼란을 겪고 있고 노후 정신적, 물질적 빈곤문제에 봉착해 암담한 내일을 맞이하고 있다. 부모를 봉양해야 하는 마지막 세대이고 자식에게 버림받는 첫 세대인 이들에게 국가나 사회의 복지망은 너무 허술하다. 물질적인 지원은 그렇다 쳐도 정신적 문제는 모두 개인의 문제로 남는다. 또 이보다 조금 앞선 세대 가운데 홀로 사는 노인들이 외로움을 견디지 못해 자살하는, 이른바 '고독사'가 더 이상 뉴스거리가 되지 못하고, 숨진 지 몇 달이 지나 키우던 개에게 뜯어 먹혀 뼈만 앙상히 남은 백골 주검이 뒤

늦게 발견되기도 한다.

과연 20세기에서 21세기를 거쳐 오면서 우리는 무엇 때문에 그렇게 열심히 일했고 장밋빛 전망과 함께 앞만 보며 달려온 것일까? 개미처럼 열심히 일한 결실은 누가 다 가져갔을까? 오로지 이익만을 추구하는 자본은 소비보다 생산을 넘쳐나게 많이 해 노동력의 소진은 물론 환경마저 해친다. 자연까지 착취하는 대상인 것이다. 일개미는 끊임없이 일개미를 낳고 베짱이는 계속 놀고먹는 베짱이를 대물림한다. 서울 강남은 베짱이들의 특구가 된 지 오래고 일개미들은 특구를 부러워하면서도 끝내 개미 신분을 벗어나지 못한다. "개천에서 용 난다"는 옛말이 되고 말았다. 전문가들은 이러한 악순환의 고리를 끊기 위해서는 일하는 시간을 줄이고 일자리를 나누어야 한다고 한다. 주 5일제 시행 초기 사람들은 남는 시간을 어떻게 보낼지 걱정했지만 지금은 토, 일요일 쉬는 것이 너무나 자연스럽지 않은가? 원시 공동체가 그런 것처럼 일은 생존을 위한 최소한의 것이어야 하고 나머지는 인간답게 사는 데 필요한 여유로운 시간이어야 한다.

멀티테스킹(다중작업) 게임이란 것이 있다. 컴퓨터를 통해 한 개의 작업 아이템에서 두 개, 세 개, 많으면 네 개의 아이템까지 잇따르면서 키보드나 마우스를 동시다발로 작동해 얼마나 오랫동안 다중작업이 가능한지 능력을 시험하는 게임이다. 또 컴퓨터 오락도 이와 비슷하나 오랫동안 게임에 빠져 있으면 가상현실과 진짜 현실을 구분하지 못하고 중독되는 현상이 더 심각하게 받아들여지고 있다. 앞과 양옆, 뒷면까지 입체적으로 보고 판단해야 하는 자동차 운전도 인간의 입체적인 감각을 요구하기 때문에 운전 중 한 가지 일에 깊이 빠지거나 딴생각에 오래 머물지 못하는 특징이 있다. 이처럼 인간의 다양한 감각과 능력을 요구하는 멀티테스킹은 한 가지 일을 깊이 생각하는 철학적 사색이나 명상과 좌선坐禪 같은 인간 특유의 행위를 어렵게 한다.

아침에 눈 비비고 일어나자마자 손바닥 안에 있는 이동 인터넷 기기(스마트폰)에 빠져 길을 갈 때도, 지하철과 시내버스 안에서도, 심지어 자기가 모는 차에서도 '대화의 감옥'에 갇혀 있는 스마트폰 중독자들에게 인생의 궁극적 목적은 무엇이며, 삶의 진정한 가치는 무엇인가와 같은 철학적 사유를 요구하는 것은 무리이다. 이러한 풍경이 21세기 정보사회에서 성과주의가 불러온 또 다른 과잉정보 욕구와 사회 관계망의 모습인 것이다.

필자는 10여 년 전 동료 언론인들과 함께 중국 광조우 일대를 여행하면서 한 유명 식당에서 점심을 먹은 적이 있었다. 좌석 뒤에서는 현악기 반주가 곁들여진 고급 식사였는데 30분도 지나지 않아 일행 대부분이 좌석에서 일어나 나가는 것이 아닌가! 하는 수 없이 따라나서면서 가이드에게 물어보니 원래 3시간 코스라는 것이다. 뒤돌아보니 종업원들은 계속 음식이 담긴 그릇을 일행이 먹다 남긴 그릇 위로 포개어서라도 나르고 있었다. 그 뒤에 들은 이야기로는 외국 식당에서 한국 관광객들이 오면 "빨리! 빨리!" 온다고 수근거린다고 한다. 성과주의가 부른 조급함의 이면이다.

앞서의 한병철은 성과주의가 부른 긍정성의 과잉은 야생에서 동물들이 생존을 위해 벌이는 멀티테스킹 같은 과잉주의(hyper-attention) 때문에 자연 산만해지면서 가만히 있거나 아무 일없이 심심해하는 것을 참지 못한다고 한다. 삶의 궁극적 가치를 생각해야 하는 철학이나 인류가 쌓아온 문화적 업적 모두 깊은 사색과 주의에서 비롯됐음에도 산만한 주의력과 조급함, 우울증 같은 신경병적 질환으로 심심한 것에 대해서는 참을성이 없어진다는 것이다. 이에 대한 치유책으로 한병철은 "잠이 (피곤한) 육체적 이완의 정점이라면 깊은 심심함은 정신적 이완의 정점"이라고 깊은 심심함을 강조한다.

깊은 심심함! 어찌 보면 다소 생소한 용어 같으니 느긋함과 여유 정도로 바꾸어도 큰 무리는 없겠다. 그동안 우리는 너무 성급한 성과주의에 매몰돼 삶의 본질적인 면을 놓치고 살아온 것은 아닌지 되돌아볼 시점이 되었다. "인간은 너무 힘들게 태어났기 때문에 피곤하다. 그래서 살아가는 내내 충분히 쉬어야 한다." 이탈리아 반도 남쪽 몬테네그로라는 나라에 전해져오는 속담이란다. 인생을 탄생의 고통에 비유한 이 말속에 담긴 뜻을 교훈 삼아 아래 시를 천천히 감상하며 느긋해도 좋고, 여유를 가지면 더 좋고, 깊은 심심함에서 창의적인 활동에 빠지면 더더욱 좋으리라.

천천히 걷는 것은 차보다 낫고(緩步當車)
꼭꼭 씹는 것은 고기보다 낫고(晩食當肉)
꽃을 보는 게 기생보다 낫고(看花當妓)

시를 읊조리는 게 노래보다 낫다(誦詩當歌)

-이주홍(1906~1987)의 「낙엽송」 전문

(2013. 12. 9)

국민이 국가다

대한민국은 민주공화국이다
그렇다!

우리나라는 민주공화국이다
그렇다니깐!

우리나라는 민주공화국이다
그래……

우리나라는 민주공화국이다
……그래

우리나라는 민주공화국이다
……허긴 그래.

이 시는 1972년 독재 권력의 서슬이 시퍼렇던 유신시절, 함석헌 선생이 펴낸 잡지 〈씨알의 소리〉에 실려 경남 마산의 토박이 이선관 시인(1942~2005)을 일약 저항시인으로 전국에 알린 시

「헌법 제1조」 전문이다. 헌법 제1조 1항 "대한민국은 민주공화국이다"를 반복해서 강조하는 과정에서 반어법과 역설로 당시의 권력과 정치 현실을 비꼬아 풍자하고 있다. 40년도 더 지난 이 시가 새삼스레 기억에 되살아나는 것은 최근 대한민국이라는 국가의 정체성과 관련한 일련의 문화 현상 때문이다.

개봉한 지 보름도 채 안 돼 1,000만 관객을 동원한 영화 〈변호인〉은 1981년 '부림釜林사건'으로 부르는 부산 양서조합사건을 다루고 있다. 이 영화는 지금은 대학생이라면 교양 필독서에 해당하는 E. H. 카의 『역사란 무엇인가』와 같은 책을 젊은이들이 읽고 모여서 토론했다고 해서 경찰을 비롯한 공안 당국이 이들을 빨갱이로 몰아 고문하고 강제로 허위 자백을 받아 처벌하는 권력의 폭력성을 고발하고 있다.

이 영화 말미에는 법정에서 주인공인 변호사의 이런 대사가 나온다. "대한민국 주권은 국민에 있고, 모든 권력은 국민으로부터 나온다. 국가란 국민입니다!" 헌법 제1조 2항을 언급하며 대한민국의 주인은 권력을 쥔 자나 정부가 아니라 국민이고, 모든 권력은 총구에서가 아니라 국민으로부터 나온다는 민주주의의 요체인 주권재민主權在民을 강조한다. 특히 국가라 함은 대통령을 비롯한 권력을 가진 사람이나 정부기관으로 대표하는 줄 알았는데 국민이 곧 국가임을 강조한 부분이 이 영화의 명대사로 꼽히면서 암시하는 바가 큰 반향을 불러일으키고 있다. 영화 비평가들은 이 영화가 흥행에 성공하고 있는 것은 "공정하고 정의로운 사회에 대한 국민의 내재적 갈망이 그 이유"라고 말하고 있다.

또 다른 실화를 바탕으로 한 영화 〈집으로 가는 길〉은 국민에 대한 국가의 역할에 주목하고 있다. 개인의 생명과 재산을 최우선으로 보호해야 할 정부와 대사관이 자국민이 타국의 공항에서 붙잡혀 연행되고 말도 통하지 않는 프랑스령 외딴 섬 교도소에서 수개월째 폭행과 함께 감금생활을 하고 있음에도 불구하고 재판에 필요한 최소한의 조치마저 취해주지 않았던 안일한 태도를 실감나게 묘사해 영화를 본 관객들의 공분을 샀다.

요즘 TV 사극은 역사적 사실(fact)을 바탕으로 허구(fiction)를 가미한 이른바 팩션(faction)이 대세이다. 그러나 시청자들의 흥미를 유발하기 위해 지나친 퓨전 판타지화로 오히려 역사를 왜곡하고 있다는 지적을 받기도 한다.

이런 가운데 최근 선보인 정통사극 〈정도전〉은 고려 말에서 조선 개국에 이르는 정치적 혼란기에 백성을 최우선의 가치로 놓고 '민본民本 정치'를 구현하려는 정도전의 이상적인 리더십을 부각시키고 있다. 이 드라마 제작 노트는 "백성의 마음을 얻으면 백성은 복종하고 백성의 마음을 얻지 못하면 배반하게 된다(得其心則服之 不得其心則去之)"라는 정도전의 말을 인용하고 있다.

반면, 세종대왕의 한글 창제 과정에서 빚어지는 갈등을 묘사한 〈뿌리 깊은 나무〉라는 TV 사극에서는 정도전의 이상주의를 정치에 실현하려는 비밀조직 우두머리가 "글자는 무기다. 칼보다 창보다 유황보다 무서운 무기다. 사대부가 사대부인 이유는 양반집에 태어나서가 아니다. 그런 혈통 때문이 아니라 글을 알기 때문에 사대부인 것이야. 그게 사대부의 권력이요 힘의 근거다. 헌데 이 글자(한글)라면 모두가 글을 읽고 쓰게 된다면 조선의 모든 질서는 무너질 것이다. 세상은 혼돈에 가득차고 이 조선의 뿌리인 사대부가 무너질 것이야"라며 사대부로 통칭되는 양반, 지식인들이 권력을 장악해야 하는 당위성을 역설하고 있다. 조선 500년을 관통하는 유교의 성리학이 지배 권력의 도구로 전락하면서 오늘날 엘리트 정치의 폐단을 잘 보여주고 있다.

민주주의를 뜻하는 데모크라시(democracy)는 그리스어 demos (people)+kratia(by)에서 비롯됐다 한다. 국민에 의해 행해지는 정치가 곧 민주주의이며, 국민을 대표하는 선량選良들의 국민을 위한 대의代議 민주주의는 무엇보다 먼저 선출과정의 정당성과 투명성이 보장돼야 한다. 지난 대선에서 국가 정보기관의 여론 조작과 군 정보기관의 사이버 여론 조작 개입이 정치 쟁점화 돼 내홍을 겪고 있는 데서 보듯 민주주의란 결과보다 절차적 과정이 더 중요함을 알 수 있다.

필자는 최근 세계적인 사진잡지였던 〈라이프〉 사진전을 보러갔었다. "하나의 역사, 70억의 기억"이라는 타이틀이 말해주듯 900만 장의 스틸 사진으로 역사의 현장을 기록해나간 포토저널리즘의 역할과 힘을 느낄 수 있었고, 동시에 이 잡지가 지난

2007년 폐간해 아쉬움이 큰 전시회였다. (〈라이프〉지로 대표되는 인쇄 미디어의 사양화를 표현한 최근 영화로는 〈월터의 상상은 현실이 된다〉가 있다.)

특히 전시장의 각 코너 중 유달리 눈길을 끈 것은 “역사를 잊은 자에게 미래는 없다”는 백범 김구 선생(1876~1949)의 경구警句와 함께 전시된 한 장의 사진, 바로 전쟁보도 사진으로 유명한 칼 마이던스 기자(1907~2004)의 ‘혼란 속의 한국, 호랑이를 잃다’였다. 사진은 1949년 6월 26일 김구 선생이 육군 소위 안두희가 쏜 총에 가슴을 맞고 서거한 경교장 2층 창문의 선명한 총탄 자국과 함께 창 밖에서 엎드려 절하며 오열하고 있는 수많은 흰옷 입은 조문 인파를 보여주고 있었다. 이 사진은 〈라이프〉지 1949년 7월호에 실려 대한민국 근대 정치사에 가장 비극적인 사건 중의 하나로 꼽혔다. 그러나 대한민국은 민족의 참된 지도자를 누가 시켜 암살했는지 아직 밝혀내지 못하고 있다.

대한민국의 헌법은 근대 국가의 정통성을 김구 선생이 주석으로 있었던 상해 임시정부에서 찾고 있다. 일본 제국주의의 오랜 압제로부터 벗어나 독립하기 위해 때로는 무력 항쟁까지 불사했던 김구 선생이 한없이 소망하는 우리나라는, 그러나 남의 나라를 침략해 그 나라 국민의 생명과 재산을 빼앗아 자기 나라 국민이 잘 먹고 잘 사는 힘 있는 나라가 아니라 남의 침략을 막을 만하고 국민의 생활이 풍족할 만하면 ‘높은 문화의 힘을 가진 아름다운 나라’였다.

"나는 우리나라가 세계에서 가장 아름다운 나라가 되기를 원한다.
가장 부강한 나라가 되기를 원하는 것은 아니다.
내가 남의 침략에 가슴이 아팠으니, 내 나라가 남을 침략하는 것을 원치 않는다.
우리의 부력富力은 우리의 생활을 풍족히 할 만하고,
우리의 강력强力은 남의 침략을 막을 만하면 족하다.
오직 한없이 가지고 싶은 것은 높은 문화의 힘이다.
문화의 힘은 우리 자신을 행복 되게 하고, 나아가서 남에게 행복을 주겠기 때문이다."

-백범 김구 선생의 '나의 소원' 중에서

(2014. 1. 27)

대학의 위기와 책 이야기

간디가 영국의 식민통치에서 인도를 독립시킨 계기가 된 것이 미국인이 쓴 책 때문이라면 아마도 놀랄 것이다. 1908년 남아공에서 '아시아인 등록법(인종차별법)'에 반대해 간디 주도로 수천 명의 인도인들이 등록증을 불태워 촉발된 비폭력 저항운동(Satyagraha)은 간디가 영국 유학 시절 읽었던 책에서 비롯됐다. 후에 간디 스스로 "나는 큰 즐거움을 가지고 『월든』을 읽었으며 그로부터 깊은 감명을 받았다"고 밝혔다.

오늘날 세계적인 명저로 한국에도 널리 알려진 『월든』은 미국 초월주의자로 에머슨과 친구인 헨리 데이비드 소로(1817~1862)가 쓴 일종의 수필집으로 메사추세츠 주 콩코드 호수 옆 숲속에서 보낸 2년간의 생활을 주로 기록하고 있다. 특히 소로가 미국의 노예제도와 멕시코 전쟁에 반대해 인두세 내기를 거부하다 감옥살이까지 한 뒤 쓴 『시민불복종(Civil Disobedience)』은 국가기관의 폭력에 비폭력 불복종으로 맞서는 시민의 저항정신을 강조하고 있어, 간디는 아마 이 부분에서 더 큰 영향을 받았을 것으로 보인다. 소로의 책을 읽고 감명을 받은 사람으로는 러시아의 문호 톨스토이와 한국의 법정 스님 등이 있다.

필자는 70년 초 한 출판사가 『월든』의 한 부분을 발췌해 문고

판으로 만든 『숲속의 생활』과 그 후에 나온 소책자 『시민불복종』을 읽고서 소로의 정신세계를 접할 수 있었으며, 비록 독립 국가로써 역사가 짧은 미국이 오늘날 세계적으로 큰 영향력을 발휘할 수 있는 정신적인 힘의 원천이 소로와 같은 사상가에서 비롯됐음을 알 수 있었다. 『숲속의 생활』에서 가장 기억나는 대목은 소로가 텃밭에 파종을 하면서 다람쥐나 들짐승 몫까지 넉넉하게 씨를 뿌려 더불어 살려는 마음을 드러내는 장면과, 『시민불복종』에서는 세금을 받으러 숲속 통나무집을 찾은 관리에게 "나는 콩코드 호수 멀리 지나는 기차 기적 소리 들은 것밖에 세금을 낼 일이 없다"며 돌려보내는 내용이다.

이 밖에 또 다른 존경할 만한 미국인으로는 스콧 니어링(1883~1983)을 들 수 있다. 니어링 역시 반전 운동가이자 착취당하는 노동자들의 삶을 강연 등을 통해 고발해 한때 공산주의자로 매도당하기도 했으며, 21세 연하의 헬렌 니어링(1904~1995)을 만나 1932년 뉴욕 생활을 그만두고 버몬트 시골로 들어가 살았던 스무 해를 기록한 『조화로운 삶(Continuing the Good Life)』을 펴냈다. 헬렌은 스콧이 100세 되던 해 스스로 곡기를 끊고 죽자, 8년 뒤 『아름다운 삶, 사랑, 그리고 마무리(Loving and Leaving the Good Life)』라는 책을 펴냈다. 두 저서 모두 문명에 저항하고 자연에 순응하며 산, 두 사람의 조화로운 삶이 지속 가능한 사회를 꿈꾸는 사람들에게 세상에 보탬이 되는 삶이 어떤 것인지 온몸으로 보여주었다.

세계에서 가장 많은 노벨상 수상자를 배출한 미국의 시카고 대학은 처음부터 일류대학이 아니었다. 이 학교가 세인의 관심을 받게 된 것은 약관 30세로 총장에 취임한 로버트 허친스(1899~1977) 때부터이다. 허친스 총장은 대공황으로 경제난을 겪고 있던 미국 사회에서 졸업해도 취업이 어려워 먹고 살 길이 막막해진 젊은 대학생들이 공부는커녕 술에 취해 방황하는 모습을 보고서 관련 전공과목의 고전을 달달 외울 정도가 아닌 학생은 졸업시키지 않는다는 '시카고 플랜', 일명 '대저서 프로그램(The Great Book Program)'을 도입하였다. 그 결과 시카고 대학은 허친스 총장이 취임한 1929년부터 2010년까지 무려 81명의 노벨상 수상자를 배출해내는 명문대학으로 성장할 수 있었다. 고전이 상상력과 창의력, 사고력과 논리적 표현력, 그리고 통찰력을 키우는 데 매우 훌륭한 교육 자료임과 동시에 인문학의 위기를 강조하는 오늘날 이를 타개할 수 있는 좋은 사례가 아닐 수 없다. 16년간 시카고 대학 재직을 마친 허친스는 1947년 허친스 위원회를 구성해 언론의 사회적 책임주의 이론을 강조하는 〈자유롭고 책임 있는 언론(Free and Responsible Press)〉이라는 보고서를 발표해 오늘날 언론학을 공부하는 사람들에게 유용하게 읽히고 있기도 하다.

필자의 빈약한 서가에는 잡지 〈신동아〉가 1968년 1월호 부록으로 펴낸 『세계를 움직인 100권의 책』이 누렇게 탈색해 꽂혀 있다. 요즘은 필요한 책 정보는 인터넷으로 얼마든지 검색할 수 있지만 70년대까지만 해도 교양 필독서로 일목요연하게 분류해놓은 이 같은 책 안내서는 매우 유익한 자료여서 소중한 마음에 아직까지 버리지 못하고 있다. 이 책 말미 세계 명저 목록에는 앞서 소개한 허친스 등이 주도한 미국시민이 9년간 읽을 '그레이트 북스' 144권을 소개하고 있는데 첫 1년에 제일 먼저 읽어야 할 것으로 〈미합중국 독립선언서〉를 들고 있다.

한국의 대학들이 또 위기라 한다. 자원이 부족한 나라에서 사람만이 유일한 자원이기에 자식들은 무조건 대학에 보내야 한다는 부모들의 높은 교육열은 오늘의 경제 부흥을 가져온 원동력으로 미국의 오바마 대통령까지 감탄하게 했지만, 이제 한국의 대학은 졸업만 해서는 제 앞가림도 하기 어려운 실업자 양성소로 전락하고 있다. 이런 분위기 속에 학생들은 졸업을 미루고 개인 스펙 쌓기에 골몰하고, 대학교수들은 학생을 단 한 명이라도 더 취직시키기 위해 안간힘을 쏟고 있다.

21세기 정보사회에 불어닥친 한국 대학들의 위기를 타개할 대책은 없는가? 단기적인 처방은 백인백색으로 다양할 수 있지만 근본적인 해법은 대학의 역할이 과연 무엇이어야 하는가에 대한 성찰이다. 우리는 그 답을 앞서 소개한 시카고 대학을 일류로 바꿔놓은 허친스의 '고전읽기'에서 찾아볼 수도 있다. 디지털 시대에 웬 아날로그적인 책읽기냐고 반문할지도 모른다. 그러나 대학의 위기를 거론할 때마다 늘 따라붙는 수식어가 바로 인문학의 위기이다. 오로지 대학을 취직을 위한 수단으로 여기고 대학생활 내내 전공과 관련해 반듯한 고전 한 권 제대로 읽지 않고 강의실이나 찻집에서 스마트폰이나 뒤적거리다 졸업하는 얄팍한 교양에 어떤 창의력을 기대할 수 있겠는가? 적어도 학부 수강 과목만이라도 관련 고전 텍스트를 1권 이상 읽게 하고 담당 과목 교수들로 하여금 독서지도를 받도록 하여 상식을 갖춘 대학 졸업자를 양성하는 것이 대학 본연의 모습이 아닐까 생각한다.

최근 필자가 받은 사회관계망 서비스(SNS)에서 이 '책읽기'와 관련해 상당히 유의미한 글이 있어 소개하며 이 글을 마칠까 한다.

> 읽고, 읽고, 또 읽어라. 독서가 역량 개발에 얼마나 중요한지 사람들은 잘 알고 있다. 그러나 사람들은 독서를 실천하지는 않는다. 단군 신화 스토리를 떠올려보자. 곰과 호랑이에게 미션이 주어지는데 호랑이는 중간에 포기해 버린다. 곰은 마침내 환웅과 결혼해 단군을 낳게 된다. 만약 쑥과 마늘을 먹을 때마다 하루하루 몸의 일부분이 사람으로 변해가는 것을 스스로 확인할 수 있었다면, 호랑이도 꾹 참았을 것이다. 책읽기는 쑥과 마늘과 같다. 책이라는 게 오늘 한 권 읽고, 일주일에 몇 권을 읽어도 도통 느껴지는 변화가 없다. 그런데 100일 때 곰이 사람으로 변했던 것처럼 책읽기가 쌓이는 어느 '100일'이 되었을 때, '책읽은 사람'과

'책 읽지 않은 사람'의 차이는 상상을 초월한다.

-김정태의 『스토리가 스펙을 이긴다』 중에서

(2014. 4. 11)

우리가 어떤 민족입니까?

메시지 전달방식 중에 만화만큼 전 세대를 아우르는 표현 장르는 드물 것이다. 문자가 이성적이라면 그림은 감성적인 표현으로써 인류가 문자를 발명하기 이전부터 의사 전달 수단으로 동굴벽화인 그림이 등장한 데서도 짐작할 수 있다. 필자가 글눈이 트인 초등학교(당시는 국민학교)에 입학한 60년대부터 주로 즐겨 봤던 만화로는 박기당의 『에밀레종』, 김종래의 『앵무새왕자』, 그리고 김산호의 『라이파이』 연작 시리즈를 들 수 있다. 특히 라이파이 연작 시리즈물은 만화가 나오자마자 먼저 보려는 또래 친구들이 줄지어서 기다리는 바람에 만화방 주인이 만화책을 2등분, 4등분으로 나누어 보게 할 정도로 인기였다.

라이파이 시리즈 만화가 당시 인기를 누렸던 이유는 사람 얼굴 모양을 한 태백산 바위기지에서 출동한 로켓 추진 방식의 '제비기'에서 외줄을 타고 내려오는 주인공 라이파이의 역동적인 모습과 악당을 무찌르는 데 사용하는 무기들이 어린이들의 상상력을 자극했다. 허리에 찬 무선 호출기와 자유자재로 날아다니는 무기 유도창, 구름을 타고 해골막대기를 갖고 다니는 악녀 녹의 여왕과의 대결, 하늘을 수놓는 우주함대 등 요즘 〈스타워즈〉급 SF 영화와 진배없는 캐릭터들과 각종 무기체계들이었다.

이처럼 그림으로 구현되는 만화가 갖는 상상의 세계는 청소년들의 전자오락 게임과 온라인 게임, 온라인 만화인 웹툰, 그리고 컴퓨터 그래픽으로 표현이 자유로워진 SF 영화로 이어지면서 오늘날 중요한 놀이와 메시지 표현 수단이 된다.

"우리가 어떤 민족입니까?" 이 말은 최근 주목을 끌고 있는 한 배달 서비스 업체의 광고 문구이다. 온 나라가 '세월호 참사'로 깊은 수렁에 빠져 사람들이 대놓고 웃지도 못하고 있을 때 필자는 집에서 가만히 스포츠 중계를 보는 사이사이 광고 화면에 등장하는 이 문구를 보며 '배달의 민족'과 관련한 몇 가지 이미지를 떠올리며 상상의 나래를 펼쳤었다.

우선 첫 번째 이미지는 우리의 옛 강역이 한반도뿐 아니라 연해주와 광활한 만주벌판을 넘어 바이칼 호수를 포함한 러시아의 시베리아, 중국의 산동반도 이남 황해(서해)를 끼고 남북 3만 리에 동서 5만 리라는 소위 '대쥬신제국'설이다. 쥬신이라는 말은 숙신, 여진, 조선을 아우르는 우리의 옛 표기라 한다. 두 번째 이미지는 우리의 역사가 온 만년이라는 주장이다. 예수의 탄생 연도인 서기에 2333년을 더한 단기(단군기원)뿐 아니라 건국 설화에 나오는 하느님의 아들 환인의 신시시대와 환국, 그리고 배달국과 우리가 흔히 국조의 이름을 단군으로 잘못 알고 있는 왕검이래 2세 부루에서 마지막 47세 고열가 단군까지 이어지는 단군조선을 포함하면 그렇다는 것이다.

다음 이미지는 중국과 우리나라를 상징하는 동물이다. 중국은

다 알다시피 용인데 뱀을 승화시킨 상상의 동물이고, 우리는 고구려 설화에 등장하는 다리가 셋 달린 태양새 까마귀(삼족오)를 승화시킨 봉황이다. 따라서 중국의 역대 황제들은 용 문양이 그려진 곤룡포를 입었고 우리는 대통령을 상징하는 문양이 여전히 봉황이다.

우리의 강역과 역사 그리고 상징물까지 몇 가지 이미지는 유물 등 증거를 제일로 하는 역사학자들이 소위 위서라고 주장하는 계연수 선생이 지었다는 『한단고기』를 비롯해 내가 어릴 적부터 좋아했던 만화가 김산호 선생이 뒤에 그린 극화 『대쥬신제국』, 그리고 이현세의 연작 만화 『천국의 신화』 등에서 인용했다. 특히 인상 깊이 다가온 내용 중에는 『한단고기』에서 47세 단군들의 분명한 이름과 한글의 뿌리라는 '가림토' 문자, 그리고 뒤의 두 만화에서 백미인 배달국 치우천왕과 중국의 황제 헌원과의 '탁록대전'이 있다. 구리 머리에 쇠 이마(銅頭鐵額)를 가진 치우는 우수한 철제 무기와 구름과 안개를 자유자재로 부르는 신출귀몰한 전법으로 73전 73승의 전과를 올릴 만큼 용감한 인물로 묘사돼 중국이 치우를 자기 나라 역사 인물에 편입시키면서 전쟁의 신으로 추켜세우고 있다. 치우의 이 같은 이미지는 지난 99년 3월 잠실구장에서 벌어진 한국과 브라질의 축구 시합 때 붉은 악마가 처음으로 치우천왕을 새긴 도깨비 깃발을 만들어 응원하기도 했다.

흔히 한 나라의 역사는 전설과 설화까지도 '태양에 빛을 바래고 달빛에 물들여' 만들어진다 한다. 우리가 옛날부터 내려오는 우리의 신화나 전설, 설화보다 더 익숙하게 알고 있는 그리스·로마신화나 기독교 성서에 나오는 이적들 역시 기록들의 재해석에 따른 결과물과 다름없다. 오늘날 서양의 문명이 그리스, 로마에서 발원해 중세 기독교로 이어지고 제국주의의 패권적 문화 침투로 그들의 신화와 전설, 설화가 너무나 익숙한 문화 아이콘으로 우리에게 자리 잡은 반면 우리나라는 반도라는 지형적 특성으로 인해 중국과 일본의 틈새에 끼어 반만년의 역사조차 왜곡, 축소되고 위축되면서 문화적인 자긍심마저 잃어가고 있다.

중국을 통해 민족의 영산 백두산 일원을 여행해본 한국인이라면 누구나 옛 고구려 유적들의 황폐화와 중국화의 안타까운 현장들을 눈여겨보았을 것이다. 특히 길림성 집안에 있는 광개토대왕(원 호칭은 국강상광개토경평안호태왕) 비석은 유리벽에 갇혀 접근조차 되지 않고 인근의 숱한 고구려 왕릉이나 성벽들은 허물어져 폐허가 됐거나 집터로 바뀌어 후세들이 자취조차 찾기 어렵게 되고 있다.

오늘날 세계 열강들은 자국의 영토와 역사를 국수주의 입장에서 과장하거나 아전인수로 해석하고 힘을 앞세워 확장하려거나 강요하고 있다. 이런 국제정세에 비해 한반도는 분단이라는 내부 문제에 빠져 영토 문제뿐 아니라 문화 역사적인 아우라가 위축돼 있다. 일찍이 다산 정약용 선생은 조선이라는 한반도조차 좁은 주머니에 갇혀 답답하다고 당시의 편협한 세계관을 한탄했다.

이제 21세기 정보문화시대를 맞아 배달의 민족은 온라인이나 오프라인상으로 집 앞까지 배달을 가장 빨리 해주는 세계 최상급의 물류 배달의 나라가 아니라 '홍익인간'의 건국이념을 되살려 창의력과 온갖 상상력을 마음껏 발휘해 널리 인간을 이롭게 하는 디지털 유목민(노마드)으로 봉황을 타고 비상하는 배달의 민족이 되는 날을 상상해본다.

(2014. 6. 9)

평형감각이 필요하다

세월호 참사가 난 지 얼마 지나지 않아 한 신문 칼럼에 이런 글이 실렸다. "배를 아는 사람은 침몰 영상에 담긴 비밀을 안다. 첫째, 배는 대개 밑바닥이 해저에 닿아 가라앉는다. 세월호는 뒤집어진 채 침몰했다. 배 윗부분이 더 무거웠다는 뜻이다. 둘째, 가장 끔찍한 건 선수 밑 부분이 이틀간 물 위에 떠 있는 장면이다. 일반인은 에어포켓이란 희망을 걸었지만 진실은 정반대다. 그곳은 뱃사람들이 생명수라 부르는 평형수가 들어 있어야 할 곳이다. 그곳에 공기가 들어찼으니 뜬 것이다. 평형수가 턱없이 부족해 복원력을 상실했다는 증거다."

배의 균형을 잡아줄 평형수가 들어 있어야 할 선수 바닥 공간이 비어 있으니 일정기간 떠 있은 것인데, 해경 구조대원들은 마치 사람이 있는 듯 망치로 그곳을 두드려대, 이를 본 대부분의 대한민국 국민들은 이 에어포켓에 수많은 선객들이 살아 있는 줄 착각했고, 현장을 찾은 대통령조차 배에 공기를 넣어야 한다고 주장해, 상당수 사람들을 구조할 수 있으리라는 웃지 못할 기대를 갖게 했다.

배는 물이 있어야 뜬다. 그러나 물이 배 안에 가득차면 가라앉기 마련이다. 역설적으로 배가 무게 중심을 잃고 기우뚱할 경우 오뚝이처럼 다시 일어나는 복원력을 가지기 위해 큰 배의 밑바닥에는 일정량의 물을 채운다 한다. 이 물을 좌우 균형을 잡아주는 밸러스트 워터(ballast water), 즉 뱃사람들이 '생명수'라고 부르는 평형수인 것이다.

누군가는 세월호 참사와 관련해 "욕심을 채우기 위해 양심을 버렸다"고 진단했다. 이때의 욕심이란 돈을 벌기 위해 화물을 규정보다 많이 실은 것이고, 버린 양심은 배의 생명수인 평형수라는 메타포다. 누군가의 욕심을 채우기 위해 수많은 생명을 담보로 잡힌 후진국형 안전사고인 것이다.

인류의 조상이 숲에서 걸어 나와 본격적인 직립 생활을 시작했을 때부터 두 발의 균형이 중요해졌다. 두 발이 균형을 잡아 대지를 굳게 디디고 섬으로 해서 두 손은 그만큼 자유스러워져 각종 도구를 다룰 수 있었고 머리는 수평선과 광활한 하늘을 바라보며 끊임없는 도전과 창의력을 발휘할 수 있었다. 물론 이 직립의 결과 인간은 다른 네 발 동물들보다 훨씬 심한 소화 장애를 겪고 위장병과 치질이라는 부산물을 갖게 됐다.

두 다리로 곧게 서는 직립은 아기가 걸음마를 배우듯이 신체의 균형 감각이 중요하다. 우리 몸에는 귓속에 반고리관이 이 균형감각을 담당하는데 몸이 중심을 잃고 기우뚱하면 바로 서려고 애를 쓰게 하고 두 다리에 힘을 키움으로써 복원력이 생긴다. 그러나 직립의 능력이 생겼다 해도 몸이 중심을 잃으면 다리뿐 아니라 두 팔도 펴고 눈도 크게 떠 복원력을 키운다. 바로 서는 능력은 인간의 종합적인 균형감각에서 비롯됨을 알 수 있다.

육체의 균형감각 못지않게 정신적인 균형감각 또한 중요하다. 사물을 보는 눈이나 사회생활에서 일어나는 복잡다단한 현상들에 대해서도 어떻게 보느냐에 따라 사람들의 행동이 결정된다. 균형 잡힌 시각의 중요성은 특히 분단이라는 현실을 살아가는 오늘날 한국인들에게는 더욱 절실한 부분이다. 남과 북, 좌와 우, 보수와 진보, 중앙과 지방, 영남과 호남의 지역 간, 세대 간의 갈등 문제 등 나열하면 나열할수록 복잡해진다. 이 같은 갈등에 대해 원로 언론인이었던 리영희 선생은 새들에 비유해서 "새는 좌우의 날개로 난다"고 역설한 바 있다.

인간의 직립에 균형 감각이 필요하듯, 모든 사물도 자기 자리가 있어 본래 자기 자리로 돌아가려는 경향이 있다. 가령 쇠 절구통 가장자리의 불안한 쇠구슬은 손을 떠나자마자 일정한 왕복활동을 통해 비로소 절구통 바닥 중앙에 편안하게 멈춘다. 절구통 바닥 한가운데가 자기 자리인 것이다. 이처럼 모든 사물이 원래 자기 자리로 돌아가려는 평상심을 이퀼리브리움(equilibrium)이라고 한다. 또 인간의 신체도 외부 환경에 일정한 자극을 받을 경우 내부의 균형을 맞추려고 노력한다. 바깥 날씨가 추우지면 몸을 움츠리고 핏줄을 수축시켜 대사량을 증진시킨다든지, 날씨가 더우면 땀구멍을 열어 땀을 흘림으로써 체온을 떨어뜨리는 역할을 호메오스타시스(homeostasis), 즉 항상성이라고 한다.

이번 세월호 참사를 계기로 우리 사회에 만연한 비정상적인 현상, 잘못된 부분이 부른 비극을 온 국민이 생생하게 지켜보게 됐다. 그것은 집단적인 정신적 외상(트라우마)을 입혔고 오래 상처를 남겼다. 트라우마는 결코 치료되는 것이 아니고 다만 견딜 만큼 무뎌질 뿐이라지만, 인체의 균형 감각이 되살아나 원래 자리로 돌아가려는 평형심이 발동하듯 우리 국민에게 성찰의 힘이 생기게 했다. 이 과정에서 비극적인 결과를 초래한 원인 행위들이 철저하게 파헤쳐지고 가려져 다시는 이 같은 일이 되풀이되지 않도록 항상성의 원리가 작동돼야 함도 물론이다.

(2014. 9. 15)

부자와 문화보국

대한민국 수도 서울 사람들이 흔히 지방이나 간혹 시골로도 부르는 수도권이 아닌 곳에 사는 필자로서 서울 사람들이 부러운 게 하나 있다. 바로 가까이에 있는 문화공간들이다. 같은 서울이라도 강남보다 강북의 사대문 안은 가끔 서울에 가면 낯익은 건물과 거리 모습에 소외감이 덜하고, 특히 성북동은 16년 전 마음먹고 찾은 한 공간 때문에 유난히 인상 깊다. 간송澗松 전형필全鎣弼(1906~1962) 선생이 자신 앞으로 남겨진 쌀 10만 석(소출기준, 1석은 두 가마) 재산으로 모은 수많은 문화유산들을 수장하고 있는 문화공간, 바로 간송미술관이다.

전형필 선생은 국문학도였던 필자가 학창시절 우리 민족 최대의 문화유산인 〈훈민정음 해례본〉(국보 제70호)을 어렵게 찾아내 광복 후 일반에게 공개함으로써 한글의 창제 원리와 우수성을 널리 알린 인물 정도로 알고 있었지만, 그가 모은 서화와 도자기, 전적典籍, 불상, 골동품, 석물 등 수많은 수장품은 미술관 측이 1970년대 들어 해마다 봄, 가을 두 차례 여는 기획 전시를 통해 차츰 일반에 알려지기 시작했다. 1998년 10월, 한국 최초의 사설 박물관이자 간송미술관의 다른 이름인 보화각葆華閣 설립 60주년에 맞춰 찾았을 때, 눈여겨 본 겸재 정선의 진경산수화와

혜원 신윤복의 화첩은 그림 속의 풍경과 인물들이 너무나 생생하게 다가와 원화가 주는 감동을 지금까지 잊지 못하고 있다.

그중 정선의 〈해악전신첩海嶽傳神帖〉은 자칫 매국노 송병준의 집 아궁이에서 불쏘시개 감으로 사라질 위기에 처한 것을 한 거간꾼이 극적으로 건져내 간송의 손에 들어간 일화로 유명한데, 이는 우리의 문화재에 대한 인식과 보관, 관리에 그동안 얼마나 문제가 많았는지 단적으로 보여준다. 또 신윤복의 〈혜원전신첩蕙園傳神帖〉(국보 제135호)의 그림 30점은 간송이 1936년 일본 오사카로 건너가 당시 돈 2만 5,000원에 일본인 화상으로부터 구입했다. 당시 서울의 반듯한 기와집 한 채 값이 1,000원이었다니 요즘 시세로 치면 한옥 한 채 값을 적게 잡아 3억 원으로 쳐도 물경 75억 원의 큰돈으로 사들인 셈이다. 또 심사정의 두루마리 그림 대작 〈촉잔도蜀棧道〉는 5,000원에 사들였고, 사들인 가격에 1,000원을 더 보태 6,000원을 들여 좀 등이 먹어 삭은 것을 복원하기도 했다. 부모로부터 물려받은 전답으로 당시 조선 10대 지주 중 한 명이었지만, 이처럼 큰 돈을 들여 서화를 모으고 애써 관리하는 간송의 문화재에 대한 안목과 큰 배포를 엿볼 수 있는 대목이다.

일제에 의해 나라를 빼앗기고 민족혼이 서린 귀중한 문화재들이 속수무책 나라 밖으로 빠져나가는 것을 안타깝게 여긴 간송은 전 재산을 쏟아 부어서라도 우리의 귀중한 문화재를 지키겠다고 다짐하며 명품 위주의 작품들을 주로 수집했는데, 1937년 영국인 수집가로부터 〈청자 상감 포도동자문 매병〉(보물 제286호)을 비롯한 고려청자 20여 점을 일괄해서 사기 위해 공주의 논 1만 마지기를 급히 처분해 모은 40만 원(당시 서울 기와집 400채 값), 지금 돈으로 환산해 1,200여 억 원에 사들이기도 해 그의 문화보국文化保國 정신이 얼마나 투철했는가를 보여준다.

이렇게 해서 모은 '간송 컬렉션'은 국보로 지정된 것이 12점, 보물 10점, 그리고 서울시 지정 문화재 등을 포함해 정확히 얼마나 소장되고 있는지 알려진 바 없다. 간송은 한국전쟁이 일어나자 자신이 평생 모은 귀중한 소장품들이 없어질 것을 염려하며 피난길에 나선 와중에도 〈훈민정음 해례본〉만은 수중에 지니고 다녔으며, 잘 때도 베개 속에 넣고 잘 만큼 애지중지했다. 그 결과 〈훈민정음 해례본〉은 간송 사후 35년 만인 1997년 유네스코 '세계기록 유산'으로 등재되었으니 한 수집가의 뜻이 나라의 품격을 드높였음을 알 수 있다.

2006년 간송 탄생 100주년 기념전에 출품된 22점의 국보와 보물을 보면서 전형필의 일대기를 쓰겠다고 결심한 재미 소설가 이충렬은 간송이 〈훈민정음 해례본〉을 손에 넣을 당시의 기쁨을 이렇게 묘사하고 있다.

> 전형필은 밤이 새도록 〈훈민정음〉을 읽고 또 읽었다. 만들어진 지 500년 만에 발굴된 보물 중의 보물이었고, 전형필이 수집을 시작한 지 13년 만에 성취한 대발굴이었기에, 눈물을 흘리다가는 웃었고, 웃다가는 다시 눈물을 흘렸다. 그리고 동이 틀 무렵 오동나무 상자에 넣어 집에서 가장 깊숙

한 곳에 갈무리했다(소설 『간송 전형필』 중)

한 사설 박물관에 얽힌 이야기를 너무 자세히 끌고 갔다. 그러나 이처럼 다소 길게 이야기를 끌고 간 것은 한 개인의 부富와 우리 문화와의 관계에 대해 말하고 싶었기 때문이다. 유난히 외세의 침략을 많이 받은 우리나라는 5,000년 찬란한 역사의 문화유산인 각종 문화재의 훼손과 해외 유출이 심해 약탈당했거나 밀반출된 문화재가 7만 점이 넘고, 그중 일본으로 흘러간 것이 3만 3,000여 건으로 가장 많은 것으로 알려졌다. 그렇기 때문에 밀반출되거나 흩어져 사라질 위기에 있는 우리 문화재들을 국가가 아닌 한 개인이 사재를 털어 수집 보관하고 있는 간송 컬렉션을 제외하고는 대한민국 미술사를 제대로 설명하기 어렵다고 할 정도로 문화재의 정수精髓만을 소장한 간송미술관이 갖는 의미가 크다 할 것이다.

간송이 우리 문화재를 지키고 수집하기로 결심한 것은 고교 시절 미술교사였던 고희동 선생과 평생의 스승인 위창 오세창 선생의 영향이 컸다. 3·1 독립선언 33인 중의 한 사람이었던 오세창은 평소 간송에게 문화보국을 강조해왔고 그 결실인 미술관이 완성되자 지석 비문에 "일가에 모인 것이 천추의 정화로다. 세상 함께 보배하고 자손 길이 보존하세"라는 친필을 새겨 넣으며 보화각의 의미를 강조하고 있기도 하다. 또 정확한 감식안을 가지고 각종 미술품 거래를 성사시킨 이순황과 일본인 신보, 그리고 일제의 착취에 곤궁해진 유림과 양반집에서 헐값에 쏟아져 나오는 서적들을 손쉽게 구입할 수 있도록 한남서림을 인수한 것 등이 간송 미술관이 생기게 된 배경이라 할 수 있다. 또 미술관을 짓는데 조언을 아끼지 않았던 근대 박물관의 아버지 혜곡 최순우 선생과 오늘날의 간송 컬렉션을 체계화시킨 최완수 등 주위 유공 인물들이 많다.

다시 글머리로 돌아가, 나는 10월 문화의 달을 맞아 그 간송미술관이 올 가을에도 추사 김정희의 서예품을 주제로 '추사 정화秋史 精華'라는 이름의 무료 전시회를 연다고 해 오랜만에 마음먹고 서울 나들이를 하겠다며 정해진 시간에 전화 예약을 시도했으나 통화 폭주로 끝내 실패했고, 인터넷 예약도 시작되자마자 전 기간 예약이 차버려 정중히 거절당했다. 지난 봄 새로 단장한 동대문디자인플라자(DDP)에서 미술관 개관 이후 처음으로 바깥나들이를 한 전시회가 성황리에 끝나자 간송 미술품의 정수가 일반인들의 높은 관심을 끌었기 때문이다. 그래서 대신 전부터 한 번쯤 가보기로 마음먹은 같은 성북동의 길상사를 택했다. 개인 일도 볼 겸 해서 2박 3일 일정으로 천리 길을 차로 달렸다.

길상사는 젊은 시절 시인 백석이 자야子夜라고 부른 애인 김영한(법명 길상화, 1916~1999)이 대원각이라는 이름으로 운영한 대규모 요정으로, 법정 스님의 '무소유' 정신에 따라 1997년 7,000여 평의 터와 40여 채의 건물을 염주 한 벌과 맞바꾸어 화제가 됐었다. 그의 법명 길상화를 따 '맑고 향기로운 도량' 길상사로 탈바꿈한 것이다. 길상화 보살은 1,000억 원대의 재산을 시주하면서도 "백석의 시 한 줄만도 못하다"며 "죽으면 화장해서 눈이 많이 내리는 날 길상사 뒤뜰에 뿌려 달라"는 아름다운 유언을 남김에 따라 1999년 눈 오는 날 한 줌 재로 돌아갔다. 나는 길상사를 찾아 경내를 한 바퀴 돈 뒤 그의 공덕비 앞에 서서 '주었다는 생각조차 없는' 무주상 보시無住相 布施를 생각했고, 끝내 이룰 수 없었던 러브 스토리를 비석 설명문에 적나라하게 표현한 백석의 시 '나와 나타샤와 흰 당나귀'를 읽고 또 읽었다.

가난한 내가
아름다운 나타샤를 사랑해서
오늘밤은 푹푹 눈이 내린다

나타샤를 사랑은 하고
눈은 푹푹 내리고
나는 혼자 쓸쓸히 앉아 소주를 마신다
소주를 마시며 생각한다
나타샤와 나는
눈이 푹푹 쌓이는 밤 흰 당나귀 타고
산골로 가자 출출이 우는 깊은 산골로 가 마가리에 살자

눈은 푹푹 내리고
나는 나타샤를 생각하고
나타샤가 아니 올 리 없다

언제 벌써 내 속에 고조곤히 와 이야기한다
산골로 가는 것은 세상한테 지는 것이 아니다
세상 같은 건 더러워 버리는 것이다

눈은 푹푹 내리고
아름다운 나타샤는 나를 사랑하고
어데서 흰 당나귀도 오늘밤이 좋아서 응앙응앙 울을 것이다

서울 성북동은 서울 사람들에게도 잘 안 알려진 곳이다. 서울 성곽을 끼고 북악산을 등지다 보니 대중교통으로 접근이 어렵기 때문이다. 그런 곳에 최순우 선생 옛집부터 시작해 만해 한용운 선사가 조선총독부를 등지고 살았다는 심우장, 화가 김환기, 미술사가 김용준의 집터, 최근 한중 정상들이 찾은 한국가구박물관, 길상사, 간송미술관 등 한국 인문학의 스토리텔링이 넘치는 문화공간이 줄지어 있다. 문화의 향기는 알고 찾을수록 더욱 짙어지는 법. 따라서 박완서의 표현대로 "얌전하게 쪽 찐 노부인처럼 적당히 품위 있고 적당히 퇴락한 조선 기와집"(소설 『그 남자네 집』 중)이 드문드문 있는 성북동 골목길을 천천히 걸으며 문화의 향기를 가득 머금고 있는 인문학 터전들을 시간에 쫓기지 않고 더 나이 들기 전에 찾아봐야 돈으로도 바꿀 수 없는 안복眼福, 즉 눈이 호사하는 경험을 누릴 것이다.

(2014. 10. 27)

조상 이야기

춥고 밤이 긴 겨울이면 빙하기를 살아남은 인류의 조상이나, 아니면 자신의 뿌리에 대해 한 번쯤 생각해보는 것도 괜찮을 듯하다.

덕수 장씨 시조 장순용張舜龍은 고려 충렬왕 때 사람으로 원나라 세조 쿠빌라이의 딸 제국대장 공주의 시종무관이었다. 고려 조정은 몽골(원나라)과 오랜 전쟁 끝에 항복한 뒤 무리한 조공과 일본 정벌을 위한 군사와 군량미 차출, 그리고 군선 제조 요청 등이 가중되자, 부담을 덜기 위해 부마국을 자청했다. 공주와 함께 고려에 들어와 귀화한 순용은 회회回回인으로 원래 이름은 산코(三哥)였으며, 여러 관직을 거쳐 문하찬성사를 지냈고, 왕에게 성을 하사받아 본관을 지금의 개성 아래 덕수로 했다.

일본의 마이니치신문 기자로도 활동한 이노우에 야스시(井上靖, 1907~1991)는 그의 역사소설 『풍도風濤』에서 “인후는 몽고인, 장순용은 회회인, 차신은 어려서 원에 들어가 거기서 자란 고려인이었다. 함께 공주를 따라서 이 나라에 들어온 인물로서 입국하자 곧 성명을 고쳐 고려 성을 쓰고, 공주의 추천으로 각기 요직을 점하자 교사를 마음껏 하여 서로 권력을 다투고, 개경에 각기 호화로운 저택을 갖고 있었다. 특히 장순용의 저택은 아름다운 돌과 기와로 외곽 담을 쌓고 화초를 본뜬 문양으로 하여 보기에도 사치를 극한 것으로서, 누가 먼저 말했는지 그 바깥담이 장가장張家墻이라는 이름으로 불리고 있었다"고 서술하고 있다. 이는 승전국 원을 등에 업고 고려에 들어온 '게린꼬우(怯怜口, 몽골어로 개인 호위무사)'들의 전횡을 단적으로 보여주는 대목으로, 그중 장순용의 '장가장'은 마치 진시황의 아방궁처럼 오랜 전란으로 피폐해진 백성들의 비참한 삶 속에 두드러진 호화 생활로 지탄받았음을 알 수 있다.

족보에 의하면, 나는 이 고려 귀화인 장순용의 영공파 26세 손으로 엄격히 말하면 회회계의 피를 이어받았다. 회회는 중국식 표현으로 위구르를 포함한 중국 서북쪽 회족을 일컫고 있으나 문중 내부는 아랍에서 몽골에 귀화한 사람의 자손으로 알려져 있다. 이와 관련해 한때 세계 석유시장을 쥐락펴락했던 사우디아라비아 석유장관 야마니가 한국에 와 자신과 같은 자손들이 한국에 살고 있음을 언급한 기자회견을 열기도 했다.

나는 이처럼 일찍 조상의 비밀을 알고부터는 학교 수업시간에 강조한 '우리는 한 핏줄을 이어받은 배달민족'이라는 순혈주의에 가만히 가슴을 쓸어내렸고, 대학에서 국문학을 공부하면서 고려가요 〈만전춘〉에 등장하는 회회아비의 정체와, 신라시대 향가 〈처용가〉의 주인공 처용이 고비심안高鼻深眼, 즉 코가 우뚝하고 눈이 쑥 들어간 외래인일 가능성이 높다는 학설에 동의하기도 했다. 하긴 신라 왕릉에서 출토된 유리 공예품은 아랍에서 들어왔고, 고려시대 서해 벽란도는 아라비아를 비롯해 외국 상인들이 붐비는 무역항으로 잘 알려져 있다. 한반도는 일찍부터 닫힌 공간이 아니라 열린 공간이었고 문물교류가 활발한 만큼 잦은 외세의 침략과 함께 '한 핏줄'을 유지한다는 게 그만큼 어려웠을 것이다. 다민족 다문화의 열린 공간이 일찍부터 이뤄진 셈이다.

다시 이노우에의 소설 속 이야기로 돌아간다. 징기즈칸으로부터 일본 정복의 유업을 물려받은 쿠빌라이는 끝까지 저항하는 삼별초 소탕 등 온갖 명분을 내세워 착취와 무리한 요구를 한다. 이에 옹색해진 고려 조정은 원나라 황제가 머무는 감숙성 행궁까지 넉 달 넘게 걸려 찾아가 하소연하거나 상소문을 연이어 보낸다. "영내 백성은 모두가 초근목피로 끼니를 잇고 있으며, 징수하려 해도 선뜻 내놓을 만한 여유 있는 자가 없다고 합니다. 엎드려 바라옵건대, 허덕이는 저희들을 불쌍히 여기시어 생각을 고쳐 주신다면 숨을 좀 돌릴 것 같습니다." 상소문을 작성한 김방경(후에 재상이 됨)은 "둔전군에 공급할 군량만으로도 비명을 올리고 있는 이 마당에, (또 다른) 군량 공급을 해야 된다면, 고려 백성은 쌀 한 톨도 입에 넣지 못하게 될 것이다"라고 탄식한다.

이는 비록 나의 조상과 관련된 내용을 포함하고 있어 30여 년 전 어렵사리 구해 읽은 소설이지만 책을 읽는 내내 분하고 창피한 생각에 몇 차례나 읽기를 멈추고 한숨을 쉬다가 다시 책을 펴곤 했다. 또 하나 창피한 것은 우리의 피 맺힌 박해의 역사를 우리나라 작가가 아니라 외국, 그것도 일본 작가의 소설을 통해 알게 된 점이다. 책은 몽골 장수 차라타이(車羅大)가 한반도에 처음 모습을 보인 1254년 한 해의 일을 〈고려사〉를 인용해 다음과 같이 기록하고 있다. "이 해, 몽고병이 사로잡은 남녀는 무려 20만 6,800여 명, 살육된 자는 들어서 헤아릴 수 없었고, 그들이 지나가는 고을은 모두 잿더미가 되었다. 몽고병의 침략이 있은 이래 아직 이때처럼 심한 적은 없었다."

그러면 이노우에는 왜 이처럼 남의 나라 이야기를 그 나라의 방대한 역사 기록을 살펴가며 소설로 재구성했을까? 그는 불교문화의 정수가 고스란히 보관된 천불동 막고굴의 비밀을 파헤친 소설 『돈황』, 징기즈칸의 일대기를 그린 『푸른 이리』와 마찬가지로 소설 『풍도』를 쓰기 위해 〈고려사〉와 중국 〈원사元史〉를 양대 텍스트로 해서 1963년 소설의 주요 무대가 되는 강화도와 경남 마산, 그리고 합천 해인사를 찾았다. 강화도는 고려가 몽골에 저항할 때 수군이 약한 점을 이용해 임시수도(강도)로 삼았던 곳이고, 마산은 당시 지명이 합포合浦로 여몽 연합군이 두 차례나 일본 정벌을 위해 출발했던 곳이며, 지금도 군사들이 주둔하며 물을 길렀던 '몽고 샘'이 남아 있다.

작가는 마치 기자가 취재하듯 사실(fact)을 기록한 텍스트를 바탕으로 현장 답사를 한 뒤 일정한 틀(frame) 속에 이야기를 재구성(fiction)하는 '액자소설(Rahmen novelle)' 형식을 취했다.

그러면서도 그는 결코 일본이라는 나라를 천지신명이 보호했다는 '가미카제(신풍神風)' 식의 아전인수를 하지 않았다. 다만 〈고려사〉 '김방경전'을 예로 들며 "합포에서 출항해 간 4만 명의 장병도, 강남에서 출발한 범문호가 인솔하는 10만의 군사도 그 모두가 일본 근해에서의 전투 중 하룻밤 폭풍에 배가 뒤집혀 죽었다는 것이다"라고 기술했을 뿐이다. 객관적인 서술로 고려도 최대의 피해자임을 입증한 것이다.

자! 다시 조상 이야기로 돌아가자. 순용은 초창기에는 권력을 등에 업고 호가호위한 면이 없지 않으나 뒤에는 고려의 사정을 누구보다 이해하고 오히려 원나라 조정의 고급 정보를 고려에 제공해 대원정책을 원활히 하는 데 일조했다. 특히 순용의 8세손 정珽은 무예에 뛰어나 조선 성종 때 선전관에 발탁되고, 연산군 때 한성부 판관을 역임한 뒤, 1504년 연산군의 총애를 받던 장녹수가 차지한 토지를 농민에게 나눠주고 잘못된 것을 바로잡아 명관으로 이름이 났으나, 파직됐다가 중종반정에 가담해 일등공신 반열에 오르기도 했다. 그 덕수 장씨 후예들은 이후 문무 관직에 고르게 출사해 이름을 날린 이들이 많으며, 현재 남한에 약 5천 가구, 2만 명 정도가 사는 것으로 알려졌다. 비록 희귀한 예지만 아랍인 조상이 귀화한 이후 7백여 년간 후손들이 고려인으로, 조선인으로, 그리고 대한민국 국민으로 이 땅에 명맥을 이어오고 있는 것이다.

나는 최근 소종중小宗中의 재실齋室에서 시재時齋가 열린 날 5

대 위 할아버지까지 잔을 올리고 여러 차례 절을 하는 제사에 참석했다. 무릎이 아팠지만 싫은 기분은 아니었다. 나이 들수록 부모를 비롯한 나를 있게 한 뿌리, 조상에 대한 생각이 간절해지는 탓이리라. 아버지의 고향이자 나의 고향이기도 한 경남 의령에는 덕수 장씨 집성촌이 있고, 그곳에 부모 산소가 있다. 산소 앞에 소박한 묘비가 있고, 그 내용 중 일부를 소개하며 글을 마칠까 한다.

기미년 1919년에 태어나신 아버지는 할아버지가 일찍 돌아가시자 장남으로 14살의 나이에 일본으로 건너가 할머니와 다섯 형제의 생계를 책임지다가 해방 후 귀국했습니다. 3남 1녀를 둔 아버지는 늘 근면, 성실, 그리고 사람답게 살 것을 강조하셨습니다. 1979년 환갑에 돌아가심에 우리들이 자식을 키울수록 새삼 그리운 정이 더해 오래 홀로 계신 어머니와 나란히 모십니다.

(2014. 12. 29)

그때는 그랬지요

누구나 어릴 적 추억으로 돌아가 보면 모든 게 크고 넓게 보인다. 학교 운동장이 그렇고 신작로가 그렇고 심지어 초등학교 교문 옆 은행나무 가로수조차 우람하게 보였다. 또 당시 겨울은 왜 그렇게 추웠을까? 냉골 방 윗목에 둔 자리끼가 아침에 일어나면 얼 정도였다. 전쟁이 끝난 지 얼마 되지 않아서인지 내가 다닌 도회지 초등학교는 한 학급 학생이 70명을 훨씬 넘어 교실은 늘 포화상태에 연통을 단 난로는 교실 한가운데 하나였다. 판자로 만든 가교사는 외풍이 심할 뿐 아니라 지면과 떨어진 마루 틈새와 옹이구멍에는 찬바람이 스며들어 특히 교실 가 쪽 학생들은 언 발에 동상입기 십상이었다. 그런 환경 속에 담임 선생님은 나무 땔감을 가져오는 학생들을 주로 난로 근처에 앉혔다. 땔감이 없어 집이 냉골인 아이들은 학교에서도 추위와 싸워야 했다.

지금은 중학교까지 의무교육이지만 당시는 초등학교도 극빈자를 제외하고는 모든 학생이 PTA(parent-teacher association)라고 학부모와 교사 간에 친목을 도모한다는 취지의 사친회비를 내야 했다. 이 회비는 뒤에 기성회비, 육성회비 등으로 이름이 바뀌었지만 수업료보다 훨씬 많아 소위 '아이보다 배꼽이 큰' 회비 징수를 놓고 지금도 논란이 일고 있다. 한 반 학생의 70~80%가

빈곤층인 당시 형편에 사친회비를 제때 내지 못하는 학생들이 수두룩 하자 교무실에서는 교감 선생님 주도로 반별로 막대 그래프를 그려놓고 실적이 저조한 반 담임 선생님들을 족치기 일쑤였다. 아침마다 수업시작 전에 사친회비를 제때 못낸 학생들은 이름을 부르면 자리에서 일어나 고개를 푹 숙이고 뭐라 변명을 해야 했는데 나는 늘 일어나 고개를 똑바로 들고 담임을 쳐다봤다. 난처해진 담임은 궁여지책으로 사친회비를 제때 못낸 학생들을 공부시키지 않고 집으로 돌려보냈다.

집에 가봤자 사정을 뻔히 아는 우리들은 경전선 철길 근처에 삼삼오오 모여 대못을 주워 기차 지나가는 시간에 맞춰 레일 위에 얹어놓고 못을 납작하게 만든 뒤 끝을 뾰죽하게 갈아 만든 '아이구찌(단도를 뜻하는 일본어)'를 나무 표적에 던져 맞추는 놀이로 시간을 보냈다. 가난이 죄인 시절 어린 동심들은 나름의 울분을 그렇게들 풀었다. 수업이 끝날 무렵이면 우리는 하나 둘 거리를 두고 교실에 들어가 담임에게 적당히 둘러대고 대신 벌 청소를 했다. 그 시절 나의 통신표 행동발달 사항은 다른 항목은 모두 '가'였지만 사회성만은 '다'였다. 나는 사회성이 무엇인지 잘 몰랐다. 뒤에 안 일이지만 전후 재정이 핍박한 정부가 교사들의 급료 부족분을 사친회비 명목으로 거두도록 권장하고 일정 액수가 되면 거두지 않아도 되었는데 항상 과다 징수해 교사들에게 수당과 학교 경비로 썼다는 것이다. 지금 같으면 언론에 두고두고 씹힐 일인데도 그 당시는 당연한 교육적 처사로 여겼다.

중학교, 고등학교 시절 선생님들은 호랑이였다. 특히 훈육주임 선생님은 가장 두려운 존재였다. 등교시간 교문에서부터 복도에서, 교정에서 훈육 선생님은 항상 지휘봉 비슷한 회초리를 들고 다니며 지나가는 학생들의 일거수일투족을 감시하고 현장에서 가차 없이 체벌했다. 작곡가로도 잘 알려진 중학교 음악 선생님은 수업 시간에 뭐든지 좋으니 질문하라고 하시어 "선생님, 가수 이미자는 백 년 만에 한 번 나올까 말까 한 목소리라면서요?" 하고 물었다가 뺨이 얼얼할 정도로 얻어맞았고 반 아이들은 다들 크게 웃었다. 또 고등학교 1학년 때인가 손때 맵기로 유명한 영어 선생님 수업시간에 옆 친구를 보며 웃었다고 불려 나가 교탁에서부터 교실 뒤 게시판까지 그 큰 손바닥으로 밀려가며 앙다문 뺨을 수없이 맞은 적도 있다. 교실은 아침부터 공포 분위기였다. '웃은 죄'밖에 없었는데 왜 맞는지, 왜 때리는지 이유를 모르는 체벌 아닌 폭력에 우리들은 다만 첫수업의 경우 해당 선생님들의 그날 표정부터 잘 살펴야 했다.

고교 시절 무엇보다 가장 괴로운 시간은 학생 군사훈련인 교련이었다. 얼룩무늬 교련복에 각반을 차고 무거운 목총을 든 채 총검술 16개 동작과 분열과 열병 등 재식훈련을 매주 3년 동안 받았다. 특히 도내 시범학교로 지정되면서 걸핏하면 인근 사단에서 검열을 나와 입시공부에 시달리는 학생들을 여름 뙤약볕이 내려쬐는 운동장 아닌 연병장으로 불러내었다. 교장 선생님의 일장 훈시와 군복을 입은 교관과 조교들의 장광설에 도열해 있는 학생들은 입에 거품을 물고 넘어지기 일쑤였다. 학교는 병영 생활과 진배없었다. "반공을 국시의 제일로 삼고…"라는 뜻도 모를 '혁명고약'이 아닌 혁명공약을 듣고, "우리는 민족중흥의 역사적 사명을 띠고 이 땅에 태어났다…"로 시작하는 국민교육헌장을 조회마다 암송하며 우리의 의식은 여물어갔다.

고등학교 교련 3년과 군대 생활, 예비군, 그리고 민방위 훈련. 청춘의 황금 같은 시간들이 군사문화에 물들어갔다. 자유로운 낭만의 시간만 있을 줄 알았던 나의 대학 시절도 고달프기는 마찬가지였다. 현실정치에 반항하는 학생운동의 싹은 물리력이 동원돼 저지되었다. 대학 방송기자 시절 교수들의 양심선언문을 정오 뉴스 시간에 내보냈다가 교내 변전소에서 방송국 전원이 차단되었고, 문제 학생으로 지목돼 담당 교수의 정기적인 상담과 감시를 받아 대학 생활이 시들해질 무렵 교내에 탱크가 주둔해 방학 때가 아닌데도 방학이 실시되었다. 이른바 '유신방학'이었다. 자연히 대학 생활 내내 공부와는 거리가 멀어졌고 빨리 졸업해 직장을 구하는 게 급선무였다.

그후 사회에서 방송기자로 일하며 간부 시절 도 교육감이 되신 고등학교 시절 호랑이 훈육주임 선생님과 점심을 함께하는 자리가 마련되었다. 학생 체벌이 한창 문제가 되던 때여서인지 선생님은 교육적인 입장에서조차 '사랑의 매'도 문제가 있음을 에둘러 말씀하셨다. 그래서 나는 잠시 머뭇거리다가 "선생님 그때는 왜 그렇게 학생들을 패셨어요?"라고 질문 아닌 질문을 했다. 선생님도 잠시 머뭇거리더니 짧게 하시는 말씀이 "그때는 그

랬지요"라고 당시는 그럴 수밖에 없었음을, 또 그래도 되는 분위기였음을 암시하셨다.

얼마 전 고등학교 교장 자리에서 정년을 마친 한 고교 동기의 퇴임식에 축시 낭송 요청을 받고 덕담 몇 마디를 했다. 필자도 신문, 방송기자 생활 34년을 했으니 세상에 별 부러운 일 없었지만 초등과 중등 교사, 장학사, 교감을 거쳐 교장까지 무려 42년을 교단에 섰던 그가 부럽고, 그의 두 아들이 결혼해 식장에 며느리와 손자들까지 참석했으니 그 또한 부러운 일이라고…. 더구나 어려운 시절 박봉에도 불구하고 묵묵히 교단을 지킨 친구와 같은 선생님들이 있었기에 우리가 이만큼 잘살게 된 게 아니냐고, 지하자원이 부족한 대한민국이 그래도 짧은 기간 경제발전을 한 것은 모두 인재를 키우는 '교육입국' 정신 때문이었음을 강조했었다.

최근 "우리도 한번 잘 살아보자"는 구호 아래 산업화에 성공한 사례를 다룬 영화 〈국제시장〉과 엄혹했던 군사독재 시절 민주화를 위해 투쟁한 이들을 다룬 영화 〈변호사〉가 수많은 관객을 동원하며 우리의 현대사를 재조명하는 분위기가 고조되고 있다. 보는 시각에 따라 두 편의 한국영화에 대한 반응이 세대 간에 엇갈릴 수 있다. 그리고 그 시대를 살았던 기성세대와 다른 세대 특히 '88만 원 세대', '3포 세대'로 일컬어지는 요즘 젊은 세대 간에는 갈등도 존재한다. 그러나 변치 않는 사실은 산업화와 민주화가 먼 과거의 일이 아니라 불과 반세기에 걸쳐 일어났고 그 주역 세대들이 나름으로는 열심히 어려웠던 세상을 살아낸 결과 지금에 이르렀다는 점이다.

5.16 군사 쿠데타의 주역이자 한국의 현대 정치사에서 '2인자의 철학'에 관해서라면 타의 추종을 불허하는 JP(김종필 전 총리의 영어 이니셜)는 얼마 전 부인 상喪 때 한 언론과의 인터뷰에서 "졸수(90세)가 되고 보니까 미워할 사람이 없다. 나름대로 살고 있으니까 그 입장이 있겠지"라며 오로지 승자와 패자만이 있는 정치판에서 과거의 오류에 대한 관용의 정신을 에둘러 표현했다.

가르치고 배우는 교육 현장에도 항상 문제는 있다. 물론 문제가 없으면 답도 없겠지만…. 다만 지적하는 교사나 지적받고 상응하는 벌을 받는 학생이나 왜 지적하는지, 왜 지적받는지 분명히 알아야 한다. 폭력에 가까운 감정적인 체벌을 이유도 모르고 받아야 하는 그때 우리는 으레 그런 줄 알았다. 그렇지 않으면 정말 견디기 어려운 시절이었다. 하지만 그 무더운 여름 교련시간, 운동장 아닌 연병장 한 자리에서 30분 이상 부동자세로 앞사람의 뒤꼭지만 보고 서있으면 갑자기 앞 친구의 두 귀가 당나귀처럼 커졌다 작아졌다 해도 얼굴조차 흔들 수 없는 노릇에는 환장할 밖에!

(2015. 3. 16)

살아남은 자의 슬픔

부산에는 세계에서 오직 한 곳밖에 없는 관광 명소가 있다. 바로 남구 대연동 유엔기념공원이다. 1955년 유엔총회는 한국전쟁에 참전했다가 전사한 16개 참전국 전몰장병들을 잊지 않고 기리기 위해 이곳을 영구 관리하기로 결정했다. 이에 따라, 13만여 ㎡(4만여 평)의 드넓은 터에는 이슬람 율법에 따라 462기의 무덤을 그대로 유지하고 있는 터키를 비롯해 11개국에 모두 2,300기의 전몰장병 유해가 안치돼 있는 묘역과 기념관, 추모관, 위령탑 등 각종 상징물이 잘 다듬은 수목들과 어울려 묘지라기보다 차라리 쾌적하고 아름다운 공원을 연상하게 한다.

필자는 시간이 날 때마다 이곳과 인근 수목원, 평화공원을 아울러 산책도 하고 벤치에 앉아 쉬면서 이역만리 남의 나라 전쟁에 참전했다가 꽃다운 나이에 산화한 젊은이들의 죽음을 생각한다. 특히 3만 3,000명이 넘는 미군 전사자를 포함해 4만여 전사자들의 이름을 새긴 추모명비를 보노라면, 그들 한 사람 한 사람의 죽음에 대해 유족들이 겪었을 슬픔과 함께 이토록 많은 사람을 죽음에 이르게 한 참혹한 전쟁은 어떤 명분으로라도 막아야 함을 절감한다. 그러나 유엔기념공원은 너무나 잘 관리되고 정돈된 '혼령들의 집(유택幽宅)'이기에 이들의 죽음이 오히려 비현실적으로 느껴지기도 한다. 비록 전쟁터에서 귀중한 목숨을 잃었지만 죽은 자에 대한 예우와 철저한 사후 관리를 통해 이곳을 찾는 유족들과 참전국에 대해 자부심까지 심어주기 때문이다.

사람의 죽음에는 병들거나 나이가 들어 자연히 숨을 멈추는 자연사와 스스로 목숨을 끊는 자살, 그리고 교통사고나 전쟁과 같은 외부적인 요인에 의해 목숨이 끊어지는 돌연사가 있다. 갑작스런 죽음 중에 특히 젊은 나이에 불귀의 객이 될 경우 본인뿐 아니라 유족들에게 애통하기 짝이 없는 한을 남긴다. 때문에 전사의 경우 국가가 죽음에 대한 적절한 해명과 함께 합당한 보상이 이뤄질 때 국민의 애국심을 요구할 수 있다. 또 죽음에 의문이 드는 경우 국가는 죽음에 이르게 한 원인과 책임 여부를 분명하게 가려줄 의무가 있다. 그것은 국민의 생명과 재산을 안전하게 보호하는 경찰국가로써의 1차적 책무이기 때문이다.

이런 측면에서 지난해 4월 전남 진도 앞바다에서 일어난 '세월호 참사'는 TV 생중계를 통해 온 국민이, 아니 전 세계가 지켜보는 가운데 국민의 생명을 안전하게 보호해야 할 대한민국의 현수준을 적나라하게 보여준 셈이다. 그동안 약자에게 강하고 강자에게 약하다는 비난을 들었던 공권력은 서서히 침몰하는 배 안에 갇혀있던 304명의 승객들을 끝내 구조하지 못했다. 또 사고가 난 지 1년 넘도록 진상 규명이 제대로 이뤄지지 않고 있어 유족들은 여전히 거리에서 대정부 규탄 집회를 열고 있다.

또 구조된 단원고 학생들도 '트라우마', 즉 외상후스트레스 증후군을 심각하게 겪고 있다 한다. 〈시빅뉴스〉(경성대 인터넷 언론) 보도에 따르면 생존학생의 한 학부모는 인터뷰에서 "아이들은 가장 추억이 많아야 할 고교 생활을 통째로 잃었다. 같이 뛰놀던 친한 친구들을 다 잃었다. 아이의 원래 꿈은 해경이었다. 근데 해경은 단 한 친구도 구조해주지 않았다. 요즘 아이가 '공부는 해서 뭘 하나, 나는 꿈이 없다'고 말한다. 생존자 부모님들은 공부하라는 소리는 못한다. 그저 내 옆에서 숨 쉬고 살아 있는 것만으로 감사하게 생각하고 있다"고 말했다(2015년 4월 11일자 기사). 또 다른 '살아남은 자의 슬픔'이 아닐 수 없다. 이처럼 국가적 재앙이 일어나면 죽은 자와 실종자 유족뿐 아니라 살아남은 사람과 그 가족까지 모두 한 굴레에서 비극이 비극으로 이어지고 국민 모두가 오랫동안 정신적 외상을 입는다. 그래서 트라우마는 치료되는 것이 아니라 견딜 수 있을 만큼 세월이 지나면서 무뎌지는 성질이기도 하다.

앞서 예를 든 것처럼 살아남은 자의 슬픔 중 가장 큰 슬픔은 자식 앞세우는 것이다. 오죽하면 죽은 자식은 부모 가슴에 묻는다 하겠는가. 어떤 위로의 말도 자식 잃은 부모의 참척慘慽의 고통을 덜어줄 수는 없다. 내가 아는 부부는 몇 년 전 오토바이 사고로 27세 외동아들을 잃었다. 대학 재학 중, 군 복무를 마친 아들이 제대 선물로 통학용 오토바이를 하도 사달라고 졸라 사줬는데 그만 사고를 당하자 한동안 충격과 고통 속에 헤어나질 못했다. 종교를 통해 어느 정도 안정된 뒤 그 부부를 만났을 때 그들은 "그래도 아들이 27년 동안 자신들 곁에 있어주어 고맙게 생각한다"고 말했다. 불행 중에도 그나마 자식과 산 나날을 위로로 삼은 것이다.

나는 10여 년 전, 아이들 진로문제 등으로 여러 가지 고민이 많았던 아내의 제안으로 경북 안동의 어느 절에 하룻밤 묵은 적이 있었다. 저녁 공양 뒤 주지스님과 차를 마시며 이야기를 나누다가 내가 불교 공부를 좀 하고 싶다고 했더니 "불교는 공부해서 아는 학문이 아니라 생로병사의 지극히 당연한 이치를 깨닫는 것"이라고 스님은 말했다. 그 후 불교 관련 책들을 몇 권 뒤적이며 고집멸도苦集滅道의 사성제四聖諦, 즉 나면 죽을 수밖에 없는 괴로움의 바다에서 괴로움의 정체와 원인, 괴로움을 없애는 방법과 괴로움이 없는 상태를 어렴풋이 터득하면서 그 스님의 말씀을 어느 정도 이해하게 되었다.

나면 끝내 죽을 수밖에 없는 이치는 상식이지만 산 사람들이 받아들이기에는 너무 벅찬 숙명이어서 불교에서도 죽음의 문제를 항상 중요하게 다루고 있다. 붓다(깨달은 이)가 인도 사위성 기원정사에 있을 때 아들을 잃은 한 여인이 찾아와 죽은 아들을 살려달라고 간청한다. 붓다는 그 여인을 가만히 보더니 "사람이 죽지 않은 집에 가서 겨자씨 한 움큼을 얻어오면 아들을 살려주겠다"고 한다. 성안에 들어가 사람이 죽지 않은 집을 찾던 이 여인은 결국 사람이 죽지 않은 집은 단 한 군데도 없고, 누구나 한 번 태어나면 죽는다는 사실을 깨닫고서(견도) 불법에 귀의했다. 이처럼 죽음의 수용문제는 결국 살아남은 사람의 몫이다. 때문에 타당한 죽음은 유족들이 빨리 잊어주어야 죽은 이도 편히 제 갈 길을 갈 수 있다. 문제는 억울한 죽음이다. 억울한 죽음에 대해 적절한 해명이 없으면 죽은 자나 유족들에게는 말할 수 없는 한이 맺힌다. 밀양지방에서 옛날부터 내려오는 '아랑의 전설'은 억울한 죽임을 당한 아랑이 귀신이 되어서도 새로 부임하는 사또에게 원한을 풀어줄 것을 요구하고 있기도 하다.

바닷가에서 죽 살아온 나는 해마다 봄철에는 배를 타고 섬 지방을 여행한다. 동백꽃을 보거나 낚시를 좋아하는 서울 친구와 1년에 한두 번 섬에서 만나기 위해서이다. 몇 주 전에는 통영 가오치항에서 카페리로 사량도에 건너갔다. 다도해의 뱃길은 비교적 물결이 잔잔한 편이지만 이날은 배가 항구를 벗어나자 거센 바람과 함께 풍랑이 높게 일면서 난간에 기대어 바다를 먼발치에서 바라보고 있던 나는 순간 울컥하는 묘한 기분이 들었다. 찌푸린 날씨 탓에 검푸른 바다 색깔이 어떤 이미지와 겹쳤기 때문이다. 그 전에 읽었던 엔도 슈사쿠(1923~1996)의 소설 『깊은 강』의 영향도 있었으리라. 신의 존재에 대해 깊이 천착했던 이 소설가는 대표작 『침묵』과 앞의 소설 2권을 무덤에 넣어달라고 유언했다. 그의 묘비에는 다음과 같은 문구가 새겨졌다.

> 인간이 이토록 슬픈데
> 주여, 바다가 너무도 푸릅니다.
>
> -침묵의 비碑

신영복 선생은 그가 즐겨 쓰는 붓글씨 문체의 '함께 맞는 비'에서 "비를 맞는 사람에게 진정한 위로는 우산을 씌워주는 것이 아니라 우산을 접고 함께 비를 맞는 것"이라고 말한다. 관계의 완전한 회복은 상대의 처지와 입장을 이해하고 함께 하는 일에서 출발함을 뜻한다. "세월호를 꼭 돈을 많이 들여 인양해야 하나?"라는 의문은 원인 규명과 유해 인양을 간절하게 바라는 유족들의 입장을 외면하는 데서 비롯한다.

해마다 6월 호국보훈의 달이면 대한민국은 조국을 위해 목숨을 바친 영혼들의 넋을 기리는 추모 행사와 함께 국민이 국가를 위해 무엇을 해야 할 것인가를 생각하게 한다. 그러나 현충일을 비롯한 추모 의식에서 국가가 국민을 위해 정말 해야 할 일들에 대해서는 그렇게 가슴에 와닿는 내용이 잘 떠오르지 않는다. 억울한 죽음. 온 국민이 지켜보는 가운데 짙푸른 바다 속으로 침몰해간 꽃다운 나이의 억울한 떼죽음. 애통해하는 살아남은 사람들을 위해 국가가 진정으로 해야 할 일은 침몰한 배이름처럼 '세월이 약'이 아니라 신영복 선생의 호소처럼 "우산을 접고 함께 비를 맞는" 진정한 위로부터 시작해야 한다. 독일의 극작가 베르톨트 브레히트(1898~1956)는 나치 치하에서 함께 저항활동을 하다 체포돼 처형된 동지들을 생각하며 「살아남은 자의 슬픔」이라는 유명한 시구를 남겼다. 억울한 죽음을 막거나 함께 하지 못한 양심의 발로였기에 울림 또한 크다.

물론 나는 알고 있다.
오직 운이 좋았던 덕택에
나는 그 많은 친구들보다 오래 살아남았다.
그러나 지난 밤 꿈속에서
이 친구들이 나에 대하여 이야기하는 소리가 들려 왔다.
"강한 자는 살아남는다."
그러자 나는 자신이 미워졌다.

(2015. 5. 18)

우리의 소원

우리의 소원은 통일
꿈에도 소원은 통일
이 정성 다해서 통일
통일을 이루자
이 겨레 살리는 통일
이 나라 찾는데 통일
통일이여 어서 오라
통일이여 오라

친일 행적 논란이 일었던 안석주 작사의 동요 〈우리의 소원〉 전문이다. 한국전쟁 중에 태어난 필자는 초등학교 시절 교실에서 담임선생님의 풍금(오르간) 반주에 맞춰 급우들과 함께 이 노래를 부르면서 까닭 없이 콧등이 찡하고 목매 더 힘껏 목청을 돋운 기억이 있다. 그 당시 가사는 "이 정성 다해서"를 "이 목숨 다 바쳐"로, "통일을 이루자"를 "통일이여 오라"로 불렀다. 뒤에 가사를 바꾼 것은 목숨을 바치는 것까지는 좋은데 막연히 통일을 기다리는 "~오라"의 수동적인 자세보다 적극적인 의미를 띤 "정성 다해서 … 통일을 이루자"는 능동형으로 바꾸는 게 좋겠다는 여론 때문이었다 한다.

뜬금없이 초등학교 시절 불렀던 동요 가사를 소개하는 것은 올해로 한반도가 일제 강점기로부터 벗어나 독립한 지 70년이자, 남과 북이 갈라선 지 70년이 되지만 통일은 여전히 아득히 멀게 느껴지기 때문이다. 동족끼리 총부리를 겨누어 안팎으로 엄청난 희생이 따랐고, 1,000만 명의 이산가족이 생겨 고향땅을 끝내 밟아보지도 못하고 죽어가는 실향민이 늘어나는데도 통일의 실마리는 풀리지 않은 채 지구상 유일한 분단국가로 남아 있는 우리의 처지가 너무 안타깝고 한심하다. 그럼에도 오늘날 젊은이들에게 '우리의 (민족적) 소원'은 무엇일까? 그들에게 과연 "꿈에도 소원은 통일"은 무슨 의미로 다가갈까? 통일은 그냥 '대박'이라는 얄팍하고 알량한 수사에 지나지 않는가? 라는 의문이 꼬리를 물고 일어난다.

개인이나 국가나 목표가 분명할 때 내부로부터 축적한 에너지를 최대한 효과적으로 사용할 수 있다. 전쟁이 끝나고 대한민국은 "우리도 한번 잘 살아보세!"라는 국가적 아젠다(agenda)에 호응해 민주주의를 상당 기간 유보하면서 국민들의 피와 땀과 눈물을 오로지 경제개발에 쏟아 부은 결과 오늘날 세계가 괄목할 발전을 이룩했다. 단군 이래 우리가 언제 이처럼 잘 먹고 잘 산 적이 있었던가 싶을 정도로 경제적인 풍요를 누리는 것도 잠시, 국민들 사이에는 상대적인 박탈감과 함께 빈부격차와 부富의 세습과 편중현상이 심해지면서 양극화로 인한 사회 갈등이 심각한 지경에 이르고 있다. 특히 젊은이들에게 노력하면 노력한 만큼 정당한 보상을 받는다는 충고는 순진한 생각일 뿐 대학 문을 나서는 순간 반듯한 직장과 결혼, 자식, 내 집 마련을 포기하는 이른바 '사포세대'가 되고 마는 현실에서 희망이라는 말은 사치일지도 모른다.

이러한 분위기를 반영하듯 최근 남북통일에 대한 여론조사에서는 "통일이 하루빨리 이뤄져야 한다"고 생각하는 사람은 20년 전 40.9%에 비해 절반 가까운 21%로 줄었다고 한다(리서치앤리서치 5월 15~16일 조사). 국민들의 이 같은 무관심은 부작용을 염려하는 사회 분위기 탓도 있지만 청년실업 증가와 통일비용 부담에 대한 우려, 그리고 통일을 꺼리는 기득권층과 보수언론들의 통일에 대한 부정적인 시각 등이 반영된 결과라는 분석도 있다. 그러나 역설적으로 청년실업 문제를 해소하기 위해서라도 통일에 대한 그들의 열망과 긍정적인 반응이 더욱 필요하다는 주장도 있다. 남한의 기술과 자본이 북한의 자원과 인력과 결합해 엄청난 경제적 시너지 효과를 만들 주역은 그 누구도 아닌 바로 우리의 고학력 젊은 인재들이기 때문이라는 것이다.

필자는 독일이 통일된 지 6년쯤 지난 1996년 무렵, 다니던 회사가 잘나갈 때 공로연수로 독일 라인강을 따라 여행하던 중 하이델베르크의 오래된 통나무 맥줏집에서 술을 마신 적이 있다. 낮에는 직장에서, 밤에는 술집 서버로 두 가지 일을 하는 '엘리자벳'이라는 아가씨가 주거니 받거니 떠들썩하게 술을 마시는 우리 일행을 보고 말했다. "자기는 유니세프 회원으로 굶어 죽어가는 북한 어린이 돕기 회비를 내고 있는데 같은 민족인 너희 남한 사람은 '북한 대기근 문제'를 어떻게 생각하는가?"라고. 물론 경제학 공부를 위해 독일에 유학온 가이드의 통역이었지만 좌중은 순간 얼어붙은 듯 조용해졌고, 동족의 문제에 무관심했던 죄책감에 그 뚱뚱한 아가씨 이름을 20년 가까이 지난 여태 기억하고 있다. 술집을 파하고 숙소로 돌아오는 길에 가이드가 곁들이는 말 또한 의미심장했다. 자신의 전공 분야와 관련해 독일 사람들의 생각은 한국이 대기업 중심으로 경제 시스템이 계속 돌아가는 것이 신기하고, 남북한 통일은 늦어질수록 통일비용은 그만큼 더 든다고 조언했다는 것이다.

북한 주민 한 사람의 연간 소득이 남한 사람과 일정한 수준에 이를 때까지 드는 통일비용과 관련해 최근 '통일편익'이란 용어가 눈에 띈다. 사람들이 경제적 관점에서 예민하게 반응하는 문제인 만큼 우리의 통일비용에 대해 알아보니 독일 통일비용과 비교해 2조 달러 이상 될 것으로 보고 있다. 그러나 통일 이후 남북한이 그동안 과도하게 지출했던 국방비 등 분단비용이 크게 줄어들고, 남한의 기술과 자본이 북한의 지하자원과 노동력을 만나 연 11.25%의 경제성장을 기록하는 등 통일비용에서 분단비용을 뺀 통일편익은 앞으로 20년간 6조 달러에 이를 것으로 전망하고 있다. 단순한 수치 비교에 따른 통일의 이점보다 눈에 띄는 부분은 한스 울리히 자이트 전 주한 독일대사의 말이다. 그는 지난 해 한 세미나에서 "남북한이 통일을 이루기만 하면 북한을 대상으로 남한기업들의 대규모 기술 · 인프라 투자가 이뤄져 25년 걸린 통일독일보다 훨씬 빠른 15~20년 안에 통일을 성공시킬 것"이라고 전망했다. 이러한 전망을 바탕으로 한다면 통일은 경제적인 면에서 남과 북 모두를 살리는 '미래의 희망'이다.

필자는 운 좋게도 백두산을 두 번이나 갔다 왔다. 한 번은 중국과 수교하기 전 홍콩에서 심양, 연길을 경유하는 북파 코스로, 또 한 번은 압록강을 따라 고구려 유적지를 둘러보면서 서파 코스로 백두산에 올라 선명한 천지를 보면서 다시 기회가 온다면 북한 쪽으로 해서 중국의 장백산이 아닌 우리의 백두산을 오르고 싶었다. 그러나 첫 번째 백두산을 찾았을 때는 끝없이 펼쳐진 만주벌판을 바라보며 '다물(고토 회복)'이란 말이 머리에서 떠나지 않았고 두 번째 방문길에는 허물어져가는 고구려의 옛 성터와 무덤과 함께 깜깜한 북한의 국경도시, 그리고 북녘의 벌거숭이산들이 눈에 한없이 밟혔다. 무엇이 이토록 우리의 산하를 갈라놓고 황폐하게 만드는가?

한반도의 분단은 내부적인 요인보다 외부적인 요인이 더 많이 작용했다고 본다. 미국과 옛 소련의 냉전체제에서 비롯한 한국전쟁은 결국 '분할통치(divide and rule)'라는 국제정치 역학을 유감없이 보여주었고, 한반도를 둘러싼 미 · 일 · 중 · 러 4대 강국의 패권주의로 인해 분단이 더욱 고착화되면서 역설적으로 자국의 이익과 영향력을 확대하려는 이들 네 나라는 어쩌면 남북한 통일을 진정 원하지 않고 있는지도 모른다는 의구심을 갖게 한다. 여기에다 정작 당사자인 남과 북은 서로 상대를 인정하지 않고 적대시하면서 통일을 위해 진지하게 대화하는 자리를 마다한 지 오래고, 국제적으로 고립되고 있는 북한의 세습정권은 체제옹호를 위해 핵무기 개발이라는 위험한 곡예를 멈추지 않고 있다.

공자는 춘추전국시대, 14년 동안 중원을 떠돌며 '화이부동和而不同'담론을 펼치지만 끝내 어느 나라도 자신의 정치철학을 받아들이지 않자 고향 노魯나라로 돌아가 여생을 교육에 받친다. 그의 '화동담론'의 핵심은 "전쟁을 통한 병합을 반대하고 큰 나라 작은 나라, 강한 나라 약한 나라가 평화롭게 공존하는 세계"라고 신영복 선생은 해석한다. 공자의 정치적 이상은 2,500년이 지난 오늘에도 여전히 숙제로 남아 있다. 이 담론을 남북한 통일문제에 대입시켜보면 어느 한쪽을 무력 또는 강제로 통합시켜 같게 하는 것(同)이 아니라, 교류협력을 통해 평화를 먼저 정착(和)시킨 뒤 하나의 정치체제로 나아가는 자연스러운 과정이 필요하다. 여기서 전제는 교류협력을 위해서는 먼저 상대를 인정하고 소통해야 한다는 것이다.

상해 임시정부 주석을 지낸 백범 김구 선생은 해방된 조국에 돌아와 쓴 「나의 소원」(1947년 6월)에서 "나의 소원은 첫째도 독립이오, 둘째도 독립이오, 셋째도 우리나라 대한의 완전한 자주독립이오"라는 유명한 글을 남겼다. 남과 북이 미국과 소련의 신탁통치로 나눠질 것을 우려한 백범은 신탁통치와 남북 단독정부 수립을 반대하며 1948년 38선을 넘어 평양 측과 협상을 벌였으나 실패하자 돌아와 남북 공동정부 수립을 '3,000만 동포에게 울면서' 촉구한다. 평생을 조국의 독립을 위해 싸운 백범은 다음 해에 국군장교 총탄에 끝내 쓰러지고 말았다. 그러나 그의 자주 독립정신은 오늘 우리에게 여전히 울림이 크게 다가온다. 백범의 이러한 족적과 관련해 최근 남북 평화통일 행사의 하나로 압록강 주변을 둘러본 한 원로시인은 "통일은 발로 이루는 것"이라고 말했다.

언제부터인가 우리사회에서 통일과 같은 거대담론이 사라지고 있다. 포스트모더니즘(후기 산업사회)의 한 현상이라는 풀이도 있다. 그러나 한 시대를 살아가면서 대학교육을 받은 지성인이라면 적어도 자신이 속한 나라와 사회가 안고 있는 문제에 대해 관심을 갖고 해결책에 대해서도 진지하게 고민해야 한다. 왜냐하면 국가와 사회가 안고 있는 문제는 결코 남의 문제가 아니라 자신의 문제이기 때문이다. 스마트폰을 비롯한 디지털 기기로 무장한 한국의 젊은이들은 자유분방함을 상징하는 '디지털 노마드(디지털 유목민)'로 불러도 지나치지 않다. 디지털 기기만 있으면 세상 어디를 가더라도 두렵지 않은 디지털 유목민이야 말로 폐쇄된 북한 사회가 앞으로 가장 경계해야 할 대상인 것이다. 따라서 이들이 살아가야 할 통일 대한민국의 영토는 무궁무진한 기회의 땅이자 약속의 땅이다.

다시 여행 이야기. 얼마 전 일본 홋카이도 지방을 여행하면서 안 일이다. 나의 청년기에 가장 가슴 설레게 했던 "Boys, be ambitious!(젊은이여, 야망을 가져라!)"라는 명언은 윌리엄 클라

크 선생이 미국 어느 학교에서 한 말이 아니라 지금 삿포로 대학의 전신인 농업학교 교장으로 있을 때 임기를 마치고 물러가면서 한 고별 연설이었다. 그의 교육을 받은 수많은 학생들은 뒤에 일본 근대화의 구심점 역할을 하게 되었다. 하여 눈앞에 보장된 직장이 없다고 좌절하거나 자식 낳기도 두려워 결혼도 포기하는 한국의 은둔형 젊은이들에게 묻는다. 너의 소원은 무엇인가? "꿈에도 소원은 통일, 이 목숨 다 바쳐 통일"은 무슨 뜻인가?

(2015. 7. 20)

'안티푸라민'의 추억

어머니 손발은 날씨가 추워지면 늘 트고 갈라져 심하면 피가 삐죽삐죽 나기도 했다. 땀이 잘 나지 않는 마른 피부에다 시내 식당에서 일을 거들어주고 남은 음식물(잔반)을 양동이에 이고 비탈길을 걸어오시느라 손발이 거칠어지기 때문이다. 어머니가 가져온 잔반은 우리 집에서 키우는 돼지먹이였다. 이 잔반은 바로 돼지에게 주는 것이 아니라 산 돼지에게 상극인 새우젓갈이나 못 먹는 헝겊, 나무 조각 등을 골라내고 연탄불에 데워 먹였다. 그러다가 키우는 돼지가 재래종 흑돼지에서 새끼를 많이 낳고 살집이 큰 외래종 '요크셔' 암컷으로 바뀌고부터는 어머니가 가져오는 잔반으로 감당이 되지 않아 소주공장에서 술을 만들고 남은 주정 찌꺼기인 '아래기'를 사다가 겨와 섞어 먹이기 시작했다. 술기가 남은 사료를 먹은 돼지는 먹고 나면 술에 취해 자고, 깨면 또 먹고 해서 자연 살이 찌지 않을 수 없었다.

우리 집에서 이렇게 돼지를 키운 이유는 도시 노동자인 아버지의 수입으로는 4남매를 키우고 공부시키기에 힘이 부쳐 입학금이나 등록금 등 목돈이 들거나 급하게 큰 돈이 필요할 때 키우던 돼지를 팔아 충당할 요량이었기 때문이다. 마산 변두리의 마당 넓은 우리 집은 돌담에 함석지붕을 이고 돈사를 널찍하게 지어 어미돼지가 편하게 새끼를 낳고 살도 찌우도록 자리도 깨끗한 짚으로 자주 갈아주는 등 '동물복지'에도 신경을 각별하게 썼다. 하지만 먹이를 공급하는 일이 예사로 힘든 것이 아니어서 나는 중학교 시절부터 짐자전거로 잔반과 아래기를 실어 날라야 했다. 고등학교 때는 아침 일찍 두 말들이 드럼통에 아래기를 실어놓고 학교에 가느라 겨울에도 교복이 땀에 흠뻑 젖기도 했다.

그렇게 철이 들 무렵 고생하는 어머니가 안쓰러워 크리스마스 선물로 우연히 소염진통제인 '안티푸라민' 한 통을 약국에서 사드렸다. 멘톨의 알싸한 향도 특이했지만 간호사 얼굴과 버들상표의 동그란 초록색 캔에 든 연고는 손발과 입술이 트고 갈라진 데뿐 아니라 무릎 관절도 안 좋은 어머니에게는 너무나 흡족한 선물이어서 다 쓰고 바닥 모퉁이에 남은 것마저 성냥개비로 싹싹 긁어 남김없이 썼다. 그 뒤로 이 연고는 우리 집 가정상비약으로 자리 잡아 온 가족이 벌레에 물렸거나 부딪혀 멍들거나 상처 난 데 다투어 썼을 뿐 아니라 심지어 입시를 앞둔 나는 새벽녘 눈꺼풀이 무거울 때마다 졸음방지용으로 눈언저리에 발라 잠을 쫓았고 감기 기운이 있으면 코밑에 바르기조차 했다.

글 도입부부터 빙 둘러 특정 약품에 대해 이야기를 시작한 것은 오늘날 대량 소비시대에 살면서 저마다 쓴 지 오래거나 애용품에 대한 감회 하나쯤은 갖고 있기 마련이어서이다. 특히 이 약에 대한 남다른 소회는 제품 자체에서 비롯해 약을 만든 회사와 창업주의 경영 철학과 관련이 있다. 내가 새삼 이 약에 대해 관심을 가지게 된 계기는 지난 2007년 대통령 선거 때였다. 당시 새로 창당한 정당의 문국현 후보는 노동자와 기업, 국민과 국가가 모두 다 잘 될 수 있는 '윈윈 전략'을 자신이 일했던 회사의 성공 사례로 소개해 신선한 충격을 던졌다.

그의 말에 따르면, 90년대 들어 외국기업들이 잇따라 한국시장에 진출하며 경쟁이 심해져 시장 점유율 80%였던 유한킴벌리는 점유율이 20%까지 떨어지며 노동자 절반을 해고해야 하는 상황에 이르게 됐다. 물론 노사관계도 초긴장 국면의 연속이었다. 회사가 경영이 어려우면 대부분 구조조정 등을 통해 사람을 먼저 잘라내는 것이 다반사인 시절이었다. 그러나 이 회사는 대량 해고 대신 낡은 생산 라인을 감축하고 인력을 4조 2교대, 즉 두 조가 하루 12시간씩 나흘 일하고, 나머지 두 조는 그 나흘을 쉬는 방식으로 일을 나누도록 했다. 그렇게 쉬는 조는 교육과 훈련을 통해 재충전의 기회를 가짐으로써 산업재해는 줄고, 품질은 높아졌으며, 신제품 개발 속도는 빨라졌다. 사람을 귀하게 여기는 회사의 위기 타개책에 조직원들이 주인의식을 가진 지식 노동자로 바뀌면서 시장 점유율을 60%까지 회복하며 1조 원 매출기업으로 성장해 100조 원 매출의 세계적 거대기업을 이기는 기적을 일으켰다는 것이다.

문국현은 또 최근의 한 인터뷰에서 90년대 초 독일의 '일자리 나누기'를 예로 들며 우리 기업도 경영위기가 왔을 때 노동자를 해고하는 대신 노동시간을 줄이고 줄어든 임금의 일정액을 국가가 실업수당 대신 보전해주면 제조업 분야에서만 적어도 300만

개 이상의 일자리 창출이 가능하다고 주장했다. 세계 최장인 우리의 연간 노동시간을 30% 정도만 줄여 일자리를 나누면 그만큼 일자리 창출이 가능하다는 것이다.

문국현의 이러한 경영관은 유한의 창업주로부터 비롯됐음은 물론이다. 유일한 박사(1895~1971)는 "기업에서 얻은 이익은 그 기업을 키워준 사회에 환원해야 한다"는 경영철학을 몸소 실천한 분으로 잘 알려져 있다. 깨인 아버지 때문에 9세에 미국으로 유학을 간 유일한은 원래 이름이 '일형'이었지만 신문배달 아르바이트를 하던 동료 직원이 발음하기 어려워 '일한'으로 자꾸 부르자 한국을 절대 잊지 말자는 다짐으로 이름을 바꾸었다고 한다. 그렇게 고학을 하며 아메리칸 드림을 이룬 유일한은 미주지역 한인단체들의 독립운동에도 적극 참여하며 민족의 자주 독립을 위해서는 경제적인 자립 등 민족자본 형성이 시급함을 깨닫게 됐다. 그리하여 어느 정도 사업자금을 마련한 31세 되던 1926년, 헐벗고 굶주린 조국을 위해 기업을 일궈 보답하자는 의미에서 자기 이름에서 따온 제약회사 유한양행을 설립하고 버들을 로고로 사용했다. 이 로고는 독립신문을 만들고 독립협회를 조직한 서재필이 "뜨거운 여름날 사람들의 시원한 그늘이 되라"는 뜻에서 만들어 선물한 것이라 한다.

유한양행은 처음에는 주로 약을 수입해 팔았지만 1933년 국내 제조 의약품 1호로 소염진통제인 '안티푸라민'을 개발해 팔기 시작하면서 최근 이 제품 하나만도 연간 매출 100억 원의 대표적인 토종 장수 브랜드로 자리 잡았다. 만병통치약인 것처럼 과장해 선전하는 것이 아니라 제품의 정확한 용도와, 약을 개발하고 제조한 사람을 실명으로 밝혀 신뢰를 꾸준하게 쌓아나간 결과였다. 나아가 이 회사는 1936년 1주에 50원씩 모두 1만 주의 주식을 발행해 자본금 50만 원의 주식회사로 바꾸면서 직원 77명 가운데 창업주를 포함해 24명을 주주로 하는 국내 최초의 사원 지주제를 시행한다. 기업의 이익을 오너 일가가 독점하는 것이 아니라 직원과 주주들이 함께 나누고자 했던 것이다. 50~60년대를 지나면서 정경유착이 관례적으로 이뤄지던 시절, 유일한은 정치자금을 일체 제공하지 않아 여러 차례 세무사찰을 받았으나 너무 성실하게 장부를 정리하고 세금을 납부해 오히려 표창까지 받았다.

유일한 박사의 대표적인 일화는 국내 최초로 전문 경영인 체제를 구축한 것이다. 1969년 사장 자리를 떠나면서 자식에게 회사를 물려주지 않고 전문 경영인에게 경영권을 넘겼다. 더구나 세상을 떠나면서는 손녀의 학교 등록금을 제외한 재산 전액을 재단에 기부했다. 자식들에게 "대학까지 공부시켜주었으니 혼자 힘으로 살 수 있어야 한다"는 평소 지론을 그대로 실천한 것이다. 그가 이렇게 기부한 재산은 요즘 시세로 환산하면 5,000억 원이 넘는다고 한다. 또 할아버지로부터 등록금을 유산으로 받은 손녀는 그 등록금의 반만 쓰고 나머지는 사회에 환원했으며, 부전자전으로 딸도 20년 뒤 전 재산을 재단에 기부했다.

다소 장황하지만 유한양행 창업주의 일대기와 그의 업적, 그리고 관련 기업의 사례와 최근 우리나라 경제 현실 등을 비교해 봤다. 필자는 경제와 관련해 문외한이지만 작금의 우리나라 경제 현실과 소위 재벌이라고 부르는 한국 대기업들의 문어발식 경영 형태, 부의 세습, 탈세, 양극화, 고용 없는 성장 문제 등을 유일한이 남겨놓고 간 몇몇 업적들과 대비해보면 정말 생각할 바가 많다.

우선 가장 최근에 불거진 '롯데 형제들의 난'부터 살펴보자. 껌 하나로 시작해 재계 5위에 오른 롯데 그룹은 소유와 경영에서 순환 출자라는 난수표의 소유구조 때문에 투명성에 대한 의문이 가장 많이 드는 지배구조이다. 게다가 명예회장은 우리말이 서툰 두 아들에게 경영권 위임을 놓고 말 한 마디에 승계 구조가 달라지는 노탐老貪의 황제경영이라는 구태를 연출하며 롯데가 진정 한국기업인지, 일본 기업인지 정체성마저 의심받고 있다.

또 재계 1위이자 세계 일류기업을 지향한다는 삼성은 어떤가? 북한의 3대 세습을 빼다 박은 우리 재벌들의 세습 체제를 대표하는 삼성은 창업주 자식들 간 상속을 둘러싼 법정 분쟁까지 일삼다가 얼마 전 장남은 고인이 되고 그 아들은 아직 감옥에 있으며, 그와 다투던 동생은 식물인간 상태로 병상에 누워 있다. 자신의 재산이 정확하게 얼마인지도 모르는 재벌의 2세, 3세 상속자들을 항간에서는 부러워하지만 탐욕은 끝없이 이어지며 또 다른 우스개 퀴즈도 떠돈다. "아버지는 병원에 있고, 본인은 이혼하고 아이를 혼자 키우고 있고, 여동생 한 명은 자살했고, 또 다른 여동생 한 명은 이혼 소송을 하고 있는 사람이 있습니다. 누구일까요?" 바로 삼성그룹 이재용 부회장 이야기다.

현대가 형제들의 다툼인 '왕자들의 난'은 벌써 아득하고, 아들이 맞고 들어오자 분을 못 삭인 그 아버지가 대신 패준 한화 총수의 이야기라든지, 매 값을 주고 야구 방망이를 휘둔 어느 재벌의 조직폭력배에 준하는 행태는 최근 영화 소재로도 국민들에게 충분히 어필했다. 또 두산그룹 형제들의 다툼 등 한국의 대표적인 10대 재벌가만 놓고 보아도 경영권과 재산 상속을 놓고 벌이는 이전투구는 우리의 천박한 자본주의 구조의 취약점을 그대로 드러낸다. SK 회장 형제의 거액 횡령사건이나 '땅콩 회항'으로 대외적으로 망신살 뻗친 대한항공 젊은 부사장의 '갑질 논란' 등등….

기업의 사회적 역할에서 이윤의 사회 환원은 기업인 개인의 도덕적 가치관에 따른 딴 나라 이야기로 치고, 정치권의 경제정의 실천과 경제민주화는 구두선口頭禪으로 남기자. 그러나 일정한 수준의 고용 유지와 소유와 경영의 분리, 정경분리, 성실 납세 등은 기업 고유의 가장 기본적인 덕목들이다. 1%도 안 되는 지분으로 그룹 상호간 순환 출자를 통해 경영권을 세습한다든지, 정치자금 제공으로 정권이 바뀔 때마다 쇠고랑을 차는 기업인이 끊임없이 나오고 있다. 특히 대부분의 샐러리맨들이 세금을 원천징수당하는 데 비해 상당수 대기업들이 이름도 낯선 해외 섬나라에 종이에만 있는 유령회사를 차려놓고 세금을 회피하는 짓은 땀 흘려 성실하게 사는 진정한 대한민국의 애국자들을 허탈하게 한다. 또 대기업이 노동자들이 땀 흘려 벌어들인 이익 잉여금을 재투자하지 않고 현금으로 쌓아두고 있는 현실도 한심하다.

나는 가끔 관절이 안 좋거나 모기에 물리면 예의 소염진통제를 바르며 오래전에 만병통치약처럼 온 가족이 즐겨 사용했던 시절, 그 약을 만든 한 기업인과 오늘에도 여전히 본보기가 되는 그 기업인의 경영 철학을 되새기며, 정말 성경에서 말하는 '낙타가 바늘구멍 들어가기보다 천국 가기 더 어려운 부자'라는 이 땅의 존재들에 대해 곰곰이 생각해본다.

(2015. 9. 14)

사람이 곧 하늘이다

"사람이 곧 하늘이다"라는 말을 듣는 순간 어린 소견에도 잘 믿기지 않았다. 어떻게 땅에 사는 동물인 사람이 저 높고 거룩한 하늘과 같을 수 있는가? 1960년대 중학교 역사 시간, 혁명이 아닌 동학란에 대해 배우면서 동학의 '인내천人乃天' 사상에 대해 선생님이 하신 말씀이다. 50년도 더 지난 세월이지만 김달수 선생님의 존함이 지금도 뚜렷하게 기억나는 이유는 깡마른 몸에 꼬장꼬장할 정도로 또렷하게 동학란이 일어난 배경과 일제의 침략, 수탈, 그리고 우리의 주권을 상실하게 된 과정을 자상하게, 약간은 비장한 어조로 말씀하셨기 때문이다. 또 수나라와 당나라 대군을 물리치고 요동반도와 만리장성, 그리고 저 멀리 북간도까지 세력을 뻗어나간 고구려의 '상무尙武정신'과 외세를 끌어들여 삼국통일을 이룬 신라의 외교문제까지 늘 거침없이 설명해주시는 선생님의 우리 역사 수업시간만큼은 조금도 지루할 겨를이 없었다.

지난여름 필자는 집에서 점심을 먹고 KBS 1TV의 한 역사 프로그램을 우연히 보게 되었다. 프로그램 이름이 하도 자주 바뀌어 요즘은 별로 탐탁잖게 생각하고 있었는데 주제가 '동학농민혁명'이고, 다양한 방식으로 접근해 알기 쉽게 풀어나가는 진행방식이 좋아 끝까지 보았다. 고부군수 조병갑의 가혹한 세금 수탈과 학정에 분노한 농민들이 들고 일어난 배경에서, 전주성을 점령한 동학군이 조정과 화해하고 전라도를 중심으로 집강소를 설치해 지방 관리들의 폭정 일소와 신분차별 철폐를 요구하고, 나라를 외세에서부터 구하고 백성을 편안하게 한다는 동학의 '보국안민輔國安民' 정신을 강조하는 내용이었다.

그러나 2차 농민봉기에서부터 우금치 전투에서의 패배에 이르러서는 진행하는 여자 아나운서의 어처구니없어 하는 말투가 역력해지더니, 서양에서 도입한 신식 전투 방식과 기관총으로 무장한 일본군이 낫과 죽창에 몇 자루의 구식 화승총을 가진 동학농민군을 무자비하게 살육했다는 설명에서 치를 떨었다. 그러다가 탐관오리 조병갑이 처벌받기는커녕 일제에 의해 오히려 고등판사에 임명되어 동학의 2대 교주 최시형에게 사형을 언도했다는 부문에 이르러서는 말을 잇지 못하더니, "일제의 식민지 전략 길목에 이렇게 중요한 농민운동이 있었는데 (자신은) 정작 학교에서 제대로 배운 바 없었다"고 한탄하며 말미에 울먹이다가 끝내 눈물을 보이고 말았다. 엘리트 집단에 속하는 공영방송 아나운서의 이 같은 고백은 우리 학교 현장에서 제대로 된 역사교육 부재를 웅변으로 말해주고 있었다.

역사는 늘 기록하는 사람들의 시선이나 권력자의 의지에 따라 바뀌기 마련인지라 남자로서 치욕적인 궁형宮刑을 받으면서까지 사마천은 엄정하고 객관적 서술인 춘추필법으로 〈사기〉를 썼다. 우리의 조선왕조실록 또한 역사적 사실을 시대 순에 따른 편년체로 기록해 세계가 인정하는 기록유산이 되었다. 특히 민중들의 저항의 역사는 오늘날 '현대의 사관史官'이라 할 수 있는 언론인의 시각이 중요하다. 그런 면에서 30여 년 언론인 생활을 해온 필자로서는 70년대 유신 정권의 3선 개헌과 긴급조치, 부마항쟁, 80년대 전두환 군사정권의 폭압과 광주 민중학살, 언론 통폐합, 87년 6월 민주항쟁으로 이어지는 한국 현대사에서 참으로 부끄러운 언론인이었음을 고백하지 않을 수 없다. 당시 시대 상황이 어쩔 수 없었다 하더라도 늘 민중들의 항쟁에서는 공권력의 시각에서 기사를 썼고, 자연히 화염병을 든 시위대의 폭력성을 부각시켰다. 또 노동자 대투쟁 때는 그들 주장의 터무니없음과 사용자의 입장을 주로 강변했다.

79년 10월, 대통령 욕만 해도 잡아가는 긴급조치가 발동돼 부산과 마산 시민들의 저항이 갈수록 거세어지자 부산과 경남 일원에 계엄령과 위수령이 발령되고, 옛 부산시청 앞에는 완전 무장한 군인들과 탱크가 살벌하게 배치되었다. 얼굴에 위장 페인트칠을 하고 착검한 자세로 서 있는 근엄한 보초군인들을 보고 지나가던 젊은 여성들이 웃었다며 총 개머리판으로 얼굴을 돌려쳐 피를 흘리자 이를 본 시민들이 내가 속한 방송국에 제보했으나 그날 뉴스시간에 단 한 줄도 나가지 않았다. 또 밤 10시 통금시간이 조금 지나 부산 남포동의 한 가게 점원이 2층 창살에 말려두었던 운동화 한 짝이 떨어지자 이를 줍기 위해 밖으로 나왔다가 지나던 계엄군에게 적발되어 구타를 당하고 길거리에서 팬티만 입은 채 꿇어앉아 있어도 기사 한 줄 쓰지 못했다. 통행증을 가진 우리 일행을 가까운 여관으로 안내했던 한 젊은 장교는 건네준 사제담배 한 개비를 피우며 "공산 게릴라 부대가 부산 일원의 후방을 점령한 줄 알았다"고 쑥스럽게 웃었다.

10.26에 이어 쿠데타를 일으킨 신군부는 언론의 모든 기사를 검열하기 시작했다. 군대 군軍 자만 들어 있어도 원고지에 먹지를 끼어 눌러 쓴 육필기사(2부 복사)에 "검열 필" 도장을 받을 수 없었다. 몇몇 젊은 기자들을 중심으로 아예 잣대에 응하지 말고 검열 받아 텔렉스로 내려오는 통신 기사를 그대로 받아 뉴스를 메꾸자고 제의했지만 데스크 진은 오히려 괘씸죄에 걸릴 수 있다며 기사 검열에 충실히 응하도록 했다. 그렇게 해서 신군부가 어느 정도 안정되자 언론 강제 통폐합이 이뤄져 필자는 직장을 KBS로 옮기게 되었다. 이 시기에 이른바 '땡전 뉴스'라는 한국 언론사에 씻을 수 없는 치부가 드러나게 되었고 수많은 왜곡, 편파보도와 권언 유착의 폐해가 곳곳에서 드러나 마침내 87년 6월 항쟁을 불러오게 되었음은 잘 알려진 사실이다.

87년 봄 '체육관 대통령'을 뽑는 호헌조치에 반대하는 시위가 부산 광복동과 남포동 등 중심가에서도 연일 벌어지자, 사건기자로 늘 현장에 나가 있던 필자는 엄청나게 쏘아대는 최루탄 때문에 눈물 마를 날이 없었다. 하지만 나의 기사 시각은 주로 경찰 진압부대 쪽에서 시위 군중들을 바라보았다. 무자비한 시위 진압으로 악명 높던 경찰 '백골부대'의 폭력성에 대해서는 단 한 줄의 기사도 방송에 내지 못했다. 내부 검열을 넘어서 어차피 뉴스에 반영되지 않는 기사 쓰기를 포기하는 자기 검열을 하게 됐고, 시민들의 항의 전화에 짜증이 나 욕설에는 욕설로 대응했다. 당직으로 회사에 있는 날은 일보다 시민들의 항의전화 받는 일이 고역 중에 산 고역이었다. 기자로서의 무력감과, 언론인으로서의 역할과 정체성에 혼란이 일어났음은 물론이다. 이렇게 차츰 현실에 순화되어갔다.

87년 5월 천주교 정의구현사제단에 의해 박종철 군 고문치사 사건 조작 사실이 밝혀지자 시국은 걷잡을 수 없이 파행으로 치달았고 시위 열기는 더욱 고조되어갔다. 87년 6월 이한열 군 최루탄 사망사건으로 민주화 시위는 전국으로 확산되었고, 6월 18일 부산역에서 서면으로 이어지는 간선도로는 시위 군중들로 가득 찼다. 나는 이날 서울에서 내려온 낙하산 보도국장의 긴급호출로 회사 옥상에서 비상 대기했다. 취재 대신 시위대가 방송국에 들어닥치면 소방호스로 물줄기를 쏘아 진압하라는 어처구니 없는 지시를 받았기 때문이다.

초량 사옥 옥상에서 내려다본 시위 행렬은 장관이었다. 그처럼 도도한 사람들의 물결을 일찍이 본 적이 없었다. 나는 속으로 쾌재를 불렀다. 제발 엉터리 방송국을 박살내다오! 라고. 시위 행렬은 회사 앞에 이르러 "KBS 각성하라!"는 등 몇 가지 구호를 외치며 굳게 닫힌 철문을 앞줄에서 몇 번 흔들자마자 마치 종잇장처럼 훌렁 열렸다. 이어서 현관문을 가린 가로 차일도 스르륵 흘러내리며 시위대들이 막 건물 안으로 진입하려는 순간 선두의 한 젊은이가 정문 기둥 위에서 "질서! 질서!"를 외치자 시위대는 주춤하다 물러섰다. 당시 1급 보안시설이었던 방송국 점거는 후유증이 큰 만큼 사태의 심각성을 재빨리 파악한 시위 주도층의 순발력 있는 판단이 이뤄진 셈이었다. 뒤늦게 도착한 경찰 진압 차는 회사 일대에서 최루탄과 방향이 일정하지 않고 이리저리 튄다해서 이름 붙여진 '지랄탄'을 얼마나 쏘아댔는지 저녁 늦게 까지 초량동 고관 일대는 매캐한 연기가 자욱해 우리는 시장 통에서 독한 술로 목구멍을 씻어내지 않으면 안 되었다.

벌써 30년 가까이 지난 시절의 풍경이지만 나는 그때 시민들의 분노 가득한 저항의 물결이 가지는 위력을 소름끼치도록 바라보았다. 시국의 엄중함과 민중들의 분출하는 희망을 외면한 채 굴종의 언론사 한가운데 서 있는 무력감을 온몸으로 느꼈던 것이다. 이렇게 수많은 민중들의 피땀으로 이룩한 민주화는 독재정권에게 부역했던 온갖 언론사에도 바람이 불어 내부 감시자로 자임하는 노동조합들이 차례로 만들어졌다. 언론의 자유를 언론 스스로 쟁취한 것이 아니라 민중의 힘에 편승해 얻은 것이다. 나도 과거를 반성하는 의미에서 일정기간 언론 민주화운동에 힘을 쏟았고, 90년 4월 방송 민주화 투쟁에 앞장서 40여 일간 파업도 주도해봤다. 자연 서 있는 위치가 바뀌면서 주위 풍경도 다르게 보였다. 하지만 "기자는 기사로 말한다"라는 명제 앞에는 늘 부끄럽다. 그리고 오늘날 기성 언론들은 여전히 권력과 자본에 취약하다. 또 상당수 언론들이 여전히 권력의 편에서 민중을 바라보고 있기도 하다.

나는 지난 6월 '6월 항쟁 기념사업'의 하나로 기획된 한 학술대회에서 부끄러웠던 나의 언론인 시절을 회상하며 "저항하기 위해 기억해야 하고, 기억하기 위해 저항해야 한다"는 내용을 주제로 발표한 적이 있다. 지난 시절 현역 언론인으로는 내가 유일한 발표자였다. 행사 주최 측에 따르면, 당시 권력의 편에 서서 독재정권에 부역했던 부산지역 신문, 방송사에서 아무도 나오려 하지 않았다는 것이다. 자연 나의 발언에 시선이 집중됐고 'KBS 시청료 거부운동'을 폈던 이들을 중심으로 권력에 편승했던 과거 KBS의 보도 행태뿐 아니라 현재의 문제점에 대해서도 지적과 비난을 쏟아냈다. 나는 부끄러웠다. 하지만 부끄러움을 모르고 여전히 권력 편에 서서 민중들의 고통을 외면하고 있는 기존 언론들과 보수 미디어 문제에 대해 주의를 환기할 것을 주문하기도 했다.

갑오년 동학농민혁명이 발발한 1894년 한국을 방문한 영국의 여행가이자 지리학자인 이사벨라 비숍 여사는 동학농민군 지도자 중 한 사람이었던 김개남의 잘린 머리가 서울 한 복판에서 조리돌리고 개에게 물어뜯기며 아이들의 장난질로 모욕당하는 것을 지켜보며, 동학군 지도자들은 너무나 확고하고 이성적인 목적을 갖고 있었기 때문에 '반란자들'이라기보다 '무장한 개혁자들'이라고 불렀다. 어느 누구보다 120년 전 한국이 처한 현실과 하층민의 신산한 삶에 대해 따뜻한 시선으로 보고 여행 기록을 남긴 비숍은 '한국에 부치는 마지막 글'에서 "한국은 아직도 단지 두 계급, 즉 약탈자와 피약탈자로 구성되어 있다. 면허받은 흡혈귀인 양반계급으로부터 끊임없이 보충되는 관료계급, 그리고 인구의 4/5인 문자 그대로의 '하층민'이 그것이다. 후자의 존재 이유는 피를 빨아먹는 흡혈귀에게 피를 공급하는 것이다(『한국과 그 이웃나라들』, 이인화 역, 도서출판 살림, 2012)."

비숍의 표현대로 흡혈귀에게 끊임없이 피를 공급하는 그 농투성이들이 오히려 나라를 걱정해야 할 임금을 비롯한 정치 지도자들을 대신해서 들불처럼 일어나 정의와 평등과 자주의 정신을 드높이 외쳤던 것이다. 동학농민혁명은 그 뒤 일제에 의해 철저하게 무시되고 반란으로 매도당하다가 100주년인 지난 1994년에야 가까스로 명예회복을 했다. 더구나 친일파들은 오랫동안 동학에 가담했던 사람들과 그 가족들을 탄압했다. 또 고부군수 조병갑을 비롯한 친일파 후손들은 아직도 우리 사회 곳곳에서 기세등등하게 기득권을 유지하고 있기도 하다. 그러나 우리 근현대사 굽이굽이마다 불의에 맞서 정의의 강물을 바로 돌린 이들은 정치 지도자도 아니요, 나라의 녹을 먹는 관리들도 아니요, 내가 기자 시절 공권력 쪽에서 마주본 바로 이름 없는 민중들이었다. 그들이야말로 진정한 이 땅의 하늘이었다. 그런 의미에서 "사람이 곧 하늘이다."

(2015. 11. 9)

마음 비우기

한 해를 보내고 새해를 맞는 1월은 사람마다 여러 감정이 교차한다. "복 많이 받아라"에서 건강과 행운, 취업과 승진, 합격, 심지어 "부자 되세요"까지, 오가는 덕담은 다양하지만 모두가 바라는 대로 되지 않는 의례적인 인사말인 줄 우리는 경험으로 안다. 복은 아무에게나 오지 않으며 건강과 행운, 부富는 원한다고 주어지는 게 아니고, 취업과 승진, 합격 같은 것은 항상 치열한 경쟁을 요구한다. 그걸 알면서도 왜 해가 바뀌는 시점에 사람들은 으레 듣기 좋은 인사말들을 할까? 그것은 바로 우리 모두가 바라는 바 희망의 또 다른 이름인 욕망이 있기 때문이다. 그래서 1월은 욕망의 밝고 어두운 두 얼굴인 야누스의 계절이다.

내가 사는 아파트 단지에는 노인들이 많이 산다. 그런데 환절기마다 산책하던 노인들이 하나 둘 보이지 않게 되면서 어김없이 쓰레기 분리수거장에는 멀쩡한 자개장과 고급 가죽소파가 폐기물로 나뒹군다. 문학 전집류를 비롯해 아직 볼만한 서책들이 재활용 종이로 비를 맞고 있고, 심지어는 고인의 것일 법한 사진 앨범들도 통째로 버린 것이 눈에 띈다. 나는 사람이 죽고 남긴 유물들이 바로 쓰레기장으로 직행하는 현상에 대해 허탈감 못지않게 앞선 세대들이 살아생전 가졌던 물질에 대한 집착이 얼마나 허망한 것인가를 본다.

얼마 전 작고한 소설가 박경리 선생의 글『버리고 갈 것만 남겨 홀가분하다』가 새삼스럽게 생각난다. 주위에 정년을 했거나 퇴직을 앞둔 친구나 지인들이 공통으로 하는 고민이 있다. 자녀들이 결혼해 떨어져나가면 부부가 서로 얼굴만 마주 보고 살게 되는데, 수입은 빤하니 자연 사는 집을 줄여야 한다. 그런데 줄인 집으로 이사 갈 때 제일 고민이 구닥다리 살림살이를 없애야 하는데 애물단지 1호가 가구라는 것이다. 개중엔 앞서 예를 든 자개장의 경우 돈을 주고 버려야 하고, 다음 목록이 대학 교수를 지냈던 지인들의 경우 책이다. 젊은 시절 보수동 헌책방을 뒤져 귀하게 구입했던 책들이 이젠 먼지만 뒤집어쓰고 책장에 꽂혀 있지만, 기증할 곳도 마땅치 않고, 버리자니 아깝고, 그렇게 난감할 수 없다는 것이다. 더구나 고인이 평소 물심양면으로 공을 들여 키우거나 모은 난이나 수석, 다기, 서화, 골동품의 경우 그 가치를 모르는 유족들에게는 처치 곤란으로 사후에도 원망 듣기 일쑤다.

법정 스님은『무소유』라는 산문집에서 키우던 난 때문에 마음 쓴 일화를 소개하며 지인에게 난을 주고 나자 그렇게 마음이 홀가분할 수 없었다고 회고하고 있다. 내가 사는 아파트 건너 동 모퉁이 잔디밭에는 언제부터인가 누가 내다 심은 소사나무 분재가 고스란히 잘 자라고 있다. 나는 '자연으로 돌아간' 그 소사나무 분재를 볼 때마다 여간 기특한 생각이 들지 않아 지나갈 때마다 한 번 더 눈길을 준다. 10년도 더 전에 자식처럼 애지중지 키우던 난을 농장 뜨락 자연으로 돌려보낸 한 기자 선배가 생각났기 때문이다.

무소유란 아무것도 갖지 않는 것이 아니라 꼭 필요하지 않는 것은 가능한 갖지 않는 것을 말하고, 소유도 최소한으로 줄여 마음 씀씀이를 그만큼 아끼라는 의미다. 그러면 왜 뭔가 갖고 싶은 마음을 절제하라는 것일까? 불가에서는 이를 두고 인간을 불행하고 고통스럽게 만드는 세 가지 독 중 으뜸인 탐심 때문이라고 한다. 물질에 대한 이 같은 욕망은 가지려는 마음이 강하면 강할수록 더욱 집착하게 만들고, 또 갖게 되면 손안에 든 것을 잃을까 전전긍긍하느라 마음마저 빼앗겨 결국 자신이 소유한 것의 노예가 된다는 것이다.

대승경전인 〈금강경〉 첫 장을 보면 지금으로부터 2,500여 년 전, 붓다 재세 때의 풍경이 생생하게 묘사돼 있다. 당시 인도 코살라국 수도였던 사위성 밖 기원정사에 머물던 붓다는 1,250명의 제자들과 함께 성안으로 하루 한 차례 탁발에 나서 차례차례 줄지어 들어가 먹을거리를 구걸한 뒤 숲으로 돌아와 나눠 먹고는 입었던 누더기 겉옷을 벗어놓고 발을 씻은 뒤 다시 명상에 들었다. 생각해보라. 왕좌를 팽개치고 출가해 6년 고행 끝에 깨달음을 얻은 뒤, 제자들과 하루 한 끼 식사에 가진 것이라곤 밥그릇과 누더기 옷 한 벌이 전부인 붓다의 무소유 정신을… 당시 인도 사회는 깨달음을 향한 수행자들의 청정한 생활을 높이 사 탁발에 나선 수행자들에게 다투어 음식을 제공했고, 이러한 전통은 오늘날 동남아 등 남방불교 국가에서 아직도 남아 있다. 또 중국을 비롯한 우리나라 선가에서는 일찍이 직계 제자에게 무소유의 상징인 스승의 옷과 밥그릇(의발)을 물려줌으로써 진정한 깨침에서 오는 행복의 법맥을 잇도록 하고 있다.

그런데 오늘날 일반인들의 음식에 대한 탐심은 어떤가? 동물은 자기 새끼라도 배가 고프면 먹을 것을 양보하는 법이 없지만, 일단 자기 배가 부르면 남은 음식은 거들떠보지도 않는다. 그러나 사람은 어떤가? 자신이 비록 배가 고프더라도 자식이나 다른 사람에게 음식을 양보도 하지만, 또 상당수는 배불리 먹고 음식이 남아 버릴지언정 배고픈 사람들을 외면하기도 한다. 전자를 우리는 적선積善이라 부르고 후자를 동물(축생)보다 못한 지옥이나 아귀, 아수라 등 삼악도三惡道로 부르는 사람도 있다. 북한이 대기근 사태가 났을 때 이를 외면한 남쪽에서는 해마다 음식물 쓰레기를 처리하느라 얼마나 많은 비용을 들이는가를 비교해보면 잘 알 수 있는 문제다.

최근 일본에서는 베이비 붐 세대를 중심으로 물건에 대한 집착을 끊고, 버리고, 떠난다는 뜻의 '단샤리(斷捨離)' 운동이 벌어지고 있다고 한다. 한 일본 작가는 물건을 줄였을 뿐인데 12가지 변화가 생겼다며 예를 들면 쇼핑하지 않으니 시간이 생기고, 소유물을 두고 남과 비교하지 않고, 집중력이 높아지는 등 단순하게 사는 장점들을 나열하고 있다. 일본의 이 같은 물질에 대한 절제 분위기는 17세기 겐신(源信) 스님의 "족하면 가난할지라도 부자이고, 부자일지라도 탐욕스러우면 가난한 사람이다"라는 글에서도 보듯 청빈한 삶에 대한 그들의 오랜 성찰에서 비롯됨을 알 수 있다.

우리도 공자의 안빈낙도 중 "나물 먹고 물 마시고 팔베개 베고 누워도 즐거운" 마음을 기리는 조선의 청빈한 선비정신이 있었다. 또 얼마 전까지 귀에 익숙한 '아나바다(아껴 쓰고, 나눠 쓰고, 바꿔 쓰고, 다시 쓰기)' 운동도 단순한 소비 절약 차원에서는 바람직했다. 그러나 오늘날 대형 할인매장의 넘쳐나는 값싼 제품들 앞에 혼이 빠진 소비자들의 충동구매와 대량소비 풍조는 이러한 소비절약 운동을 무색하게 하고 다시 '소비가 미덕'인 사회로 되돌아가게 한다.

이 세상에 불행하고 싶은 사람은 아무도 없을 것이다. 대부분의 사람은 왜 사냐고 묻는다면 아마 행복하기 위해서라고 말할 것이다. 그런데도 주위에는 왜 불행한 사람들이 그렇게 많을까? 왜 한국은 자살률이 높을까? 대학 취업 준비생들은 취직을 못해서, 직장을 가진 사람은 월급이 적거나 언제 잘릴지 불안해서, 장사하는 사람은 돈벌이가 시원찮아서, 청춘 남녀는 애인을 못 만들어서, 늦게 결혼한 부부는 애기를 못 가져서, 노부부는 생활비 걱정으로, 혼자 사는 노인들은 몸이 아프거나 고독해서… 찾아보면 불행한 사람만큼 많은 불행한 사연들이 있다. 다음 등식을 한번 살펴보자.

행복지수=권력, 명예, 재화/욕망×100

위의 등식을 놓고 보면 당신의 행복지수는 얼마일까? 나눠야 할 욕망의 대상은 우리가 흔히 추구하는 극히 세속적인 행복의 조건들로, 바라는 만큼 충분히 주어지지 않는다는 데에서 이미 불행의 씨앗을 안고 있다. 더구나 권력을 쥐고, 명예와 재물까지 바란다면 그야말로 '욕심이 대적'일 것이고, 성사되기 어렵지만 설사 이뤄진다 해도 언젠가 지탄받게 되고 그러한 욕망이 용인되는 사회나 국가는 개인뿐 아니라 공동체도 불행해진다.

결론적으로 말해 행복은 마음에 있음을 강조하고 싶다. 겐신 스님 말처럼 아무리 풍족한 생활을 해도 만족하지 못하면 가난하고 불행하다. 따라서 행복지수를 높이려면 권력이나 명예나 재물에 대한 욕망을 줄일 수밖에 없다. 모든 사람이 금욕생활을 하라는 것이 아니라 자기에게 주어진 것에 만족할 줄 알아야 한다. 분수에 넘치는 욕심은 탐욕이고, 탐심은 바로 마음에서 비롯한다. 그러기 때문에 인류의 스승들은 이 마음을 잘 다스릴 것을 주문한다.

마찬가지로 『장자』에서는 '심재心齋' 즉 마음을 굶기라고 말한다. 장자 철학의 핵심인 이 마음 굶기기는 사람 없는 '빈 배(虛舟)'와 부딪쳤을 때는 마음이 비게 돼 다툼이 없는 예를 들고 있다. 그리하여 빈 배처럼 마음이 텅 빈 상태를 "저 빈 것을 보라/텅 빈 방이 뿜어내는 흰 빛/행복은 고요함에 머무르는 것"(사람

사는 세상, 심재 편)이라고 노래하고 있다. 그러나 우리에게 가장 익숙한 말은 "모든 것은 오로지 마음먹기에 달려 있다(一切唯心造)"일 것이다. 마음먹기에 따라 이 세상이 지옥일 수 있고, 극락일 수 있다는 말이다. 마음먹기보다 더 쉽게 다가오는 말이 또 있다. 바로 '마음 비우기'이다. 말 그대로 욕심을 버리고 마음을 비우는 곳에 행복이 깃든다.

(2016. 1. 11)

배워서 남 주자!

비록 봄과 여름, 가을과 겨울의 경계가 다소 애매하지만, 우리에게 네 계절이 있음은 다행이다. 특히 긴 겨울 끝에 봄이 옴에 사람들은 봄의 문턱에서, '입춘대길'이란 춘방春榜으로 오는 봄에는 뭔가 풋풋하고 좋은 일이 생기기를 은근히 바란다. 하지만 시절은 늘 수상해 우리의 기대를 배반하고 그래서 봄이 와도 봄 같지 않다고 푸념한다. 그러나 어찌 아는가? 계절이 돌고 돌아 사노라면 좋은 날도 오리니 희망의 끈을 놓지 말아야 함을. 필자도 그 희망의 새봄과 함께 모든 사회적 지위를 내려놓는다. 언론인과 교수 등 대외적 직업을 떠나 평생 업인 시 쓰는 일과, 가정에서는 아버지와 남편 역할 등 비로소 자연인으로 돌아가면서 새삼 '이것이 나라고 할 바 없는' 제법무아의 이치를 실감하고 있다.

살 날보다 산 날이 많아지면 사람들은 과거로 회귀하는가 보다. 요즘 들어 과거를 되새김질하면서 나름으로 주변을 정리하는 버릇이 생겼다. 초등학교 6년, 중 · 고등학교 6년, 대학 4년, 그리고 늦깎이 두 석사과정을 포함하면 21년을 어쨌든 공부하는 데 보낸 셈이다. 그 덕분일까. 직장생활하면서 대학에 출강하기 시작해 지난 학기까지 강단에 섰으니 '가르치는 것이 곧 배우는 것

(teaching is learning)'이라면 그 7년을 합쳐 내 나이 8세 이후부터 인생 절반을 공부하는 데 보냈다.

도대체 한국인들이 이렇게 매달리는 공부란 무엇일까? 나는 몇 해 전 안동 도산서원을 들러 퇴계 이황 선생이 생전에 지은 기숙사가 한자로 공工자 구조인 것을 눈여겨 본 적이 있다. 당시 유생들에게 열심히 공부하라는 뜻으로 지은 것이었다. 그러나 그 안에 담긴 내용을 잘 몰라 궁금해하다가, 얼마 전 타계한 신영복 선생의 마지막 강의 『담론』을 읽어보며 비로소 알았다. 선생은 이 책에서 파자破字 법으로 공부를 설명하고 있는데 한자 '공'은 하늘을 땅으로 잇는다는 뜻이고, '부夫'는 하늘을 땅으로 이어주는 역할을 사람(人)이 한다는 것이다. 요약하면 공부란 하늘의 이치를 땅에 사는 사람으로서 마땅히 알게 하는 것이라 할 수 있다. 또 공부는 여자(工)가 길쌈을 삼듯, 남자(夫)가 씨 뿌리듯 간곡해야 한다는 설명도 있다.

우리가 익히 아는 공부를 원론적으로 나열했지만, 왜 공부해야 하는지 그 이유에 대해 다시 생각해보고자 한다. 나는 비교적 짧은 기간 대학 강단에 서면서 학생들이 왜 그토록 많은 시간과 돈을 들여 대학에 오는지, 또 명확한 목표를 갖고 있는 학생이 얼마나 되는지 늘 궁금했다. 아마 대부분의 학생들이 '남 따라 장에 가듯' 대학가고, 적어도 대학을 나와야 한국사회에서 뒤처지지 않고 직장을 구하고, 결혼도 할 수 있다는 극히 막연한 생각을 하지 않을까 싶었다. 그래서 강의시간 앞부분은 늘 나의 사회생활 경험을 바탕으로 우리가 왜 공부해야 하는지, 대학생의 자세는 어떤 것이 돼야 하는지 인생 선배로서 '지루하지 않은' 조언을 하려고 노력했다. 그러나 불행히도 오늘 학생이 아닌 한국의 대학 교수들에게 주어진 공통 숙제는 가르친 학생들을 얼마나 많이 4대 보험이 보장되는 직장에 취업시키는가에 있다. 대학은 흔히 아는 진리를 추구하고, 학문을 연구하고, 인격을 닦는 상아탑의 큰 배움터가 아니라 직업 양성소나 취업을 알선하는 곳으로 변질되고 있다.

1998년 가을 무렵, 나는 아는 스님이 작품 전시회를 연 서울 인사동 경인미술관에 들렀다 나오는 길에 건너편에 '학교종이 땡땡 땡'이란 이색 간판을 단 찻집이 있어 들른 적이 있다. 찻집에는 나의 옛날 초등학교 시절 짝지와 티격태격하며 연필깎이 칼로 경계선을 긋고 함께 썼던 초록색 책상에 키 낮은 나무 걸상들이 옹기종기 놓여 있었었고, 창문에는 시골학교 운동장 사진을 배경으로 추억을 자극하는 예전의 교실 모습 그대로였다. 난로 위에는 양은 도시락에 옛날 건빵이 들어 있어 차와 함께 간식으로 먹을 수도 있었는데 칠판을 쳐다보다가 깜짝 놀랐다. 흰 분필로 크게 쓴 교훈이 "배워서 남 주자!"였고, 그보다 작은 글씨의 급훈은 "음주운전 하지 말자!"였다. 복고풍의 찻집도 분위기에 어울렸지만 교훈과 급훈은 말 그대로 신선한 충격이었다. 종업원에게 찻집 주인이 누군가 물어보니 1세대 개그맨이었던 전유성 씨의 전 부인이었고, 분위기 연출과 칠판 글씨는 전 씨의 아이디어였다고 했다. 이 찻집의 교훈은 그래서 오래오래 내 기억에 남았다.

내가 다닌 고등학교는 1주일에 한 번 전교생을 모아놓고 운동장이나 강당에서 교장 선생님이 주로 훈시를 하셨는데, 내용이 '학고學苦', 즉 배우는 고통에 관한 것이 많았다. 또 담임이나 과목 선생님들은 "공부해서 남 주나? 자기 하지"를 되풀이하시며 3년 동안 죽기를 각오하고 공부하기를 독려했다. 열심히 공부해 좋은 대학 나와 출세하는 것을 으뜸의 가치로 여긴 당시의 현실 인식에서, 우리는 친구를 경쟁자로 여기며 모의고사 성적순에 따른 서열화에 더 신경을 곤두세웠다. 이 같은 의식화는 뒷날 동기생들 모임에서도 과거 학창시절 성적에 따른 호불호好不好로 이어지고 우리들의 2세 교육에도 영향을 미쳤다. 인성보다 학력을 우선하는 줄 세우기 풍조가 만연한 것이다. 왜 공부해야 하고 무엇을 배워야 하는지에 대한 진지한 고민이나 성찰 없이 단순히 출세지향의 맹목적 공부는 성과주의 사회에서 우리를 황폐하게 만들고 피곤하게 만들었다.

70년대 나의 대학 생활은 권위주의 정권의 오로지 '잘 살아보세'라는 구호 아래 경제 발전을 앞세우면서 민주주의가 후퇴하자 학생들의 저항을 불러일으켰고 유신방학으로 이어지며 자연 공부하는 분위기와 멀어졌다. 시조를 가르쳤던 지도교수는 나에게 공부를 계속할 것을 권했으나 경제력이 뒷받침되지 못해 결국 언론계로 직장을 구하고 말았다. 그러나 당시 한국의 언론도 앞서 나의 〈시빅뉴스〉 칼럼("사람이 곧 하늘이다," 2015년 11월 9

일자)에서 지적했다시피 가장 기본적 역할도 하지 못하고 권력의 하수인 노릇하기에 바빴다. 언론 내부의 민주화와 함께 저널리즘의 진정한 사회적 역할에 대한 공부가 간절했던 것도 이때부터였다. 노조 활동과 더불어 틈틈이 독서도 했는데 그 가운데 영국의 철학자 버트란트 러셀의 자서전 내용이 기억에 남는다. 그는 서문에서 "나의 인생에 움직일 수 없는 세 가지 큰 명제가 있는데, 첫째가 사랑에 대한 동경이요, 둘째는 지식에 대한 탐구이며, 세 번째는 인류의 고난에 대한 참을 수 없는 연민의 정"이라고 밝혔다. 안팎으로 답답했던 당시 상황에서 러셀의 좌우명은 나에게 상당한 울림을 주었으며 사람이 한번 태어나면 적어도 이 정도 인생 목표를 두고 살아가야 하는 것 아니냐는 묘한 결기 같은 게 생겼다.

아무튼 대학 시절 제대로 공부도 못하고 졸업한 나로서 90년대 들어 직장생활이 안정되자 주위의 권유도 있고 해서 교육대학원에 진학해 공부를 하고 99년에는 시인으로 뒤늦게 등단도 했다. 러셀의 좌우명 가운데 지식에 대한 탐구만큼은 노력하면 할 수 있겠다 싶어 2000년대 들어 저널리즘 공부를 위해 대학원 석사과정을 또 밟았다. 그러나 공부도 때가 있는지라 나이 들어 하는 공부는 자연 힘이 들고 몸에 무리도 많이 따랐다. 그러나 그 덕분에 나는 대학 강단에서 젊은이들과 어울리며, 언론사 퇴직 뒤에도 5년 넘게 직장생활을 하는 복을 누렸다. 이 같은 나의 학구열 때문인지 우리 집에는 아내를 비롯해 아들, 딸 등 4명이 모두 대학원을 나온 소위 '가방 끈 긴' 가족이 되었다. "자식들에게 재산은 못 물려주더라도 저 공부하고 싶은 만큼 시키면 밥벌이는 할 수 있겠지"라는 믿음에서 나온 결과이다.

나는 10여 년 전, 몽골 남쪽 사막(으믄 고비) 천막에서 하룻밤을 보내면서 접시처럼 둥근 여름밤 하늘에 쏟아질 듯 초롱초롱한 별들을 바라보며 인간의 상상력이야말로 빛보다 빨리 갈 수 있는 유일한 도구라고 생각했다. 불과 5세기 전까지만 해도 하늘은 지구를 중심으로 돌며, 지구는 장방형으로 바다 멀리 나가면 끝없는 낭떠러지로 떨어진다고 믿었다가 밤하늘을 끊임없이 관찰한 과학자들에 의해 오늘날 우리가 문명인으로 살게 된 것이다. 호기심이야말로 모든 학문의 어머니이다. 그러나 지동설을 주장한 코페르니쿠스는 마틴 루터에 의해 이단으로 몰렸고, 조르다노 부르노는 악마로 낙인찍혀 화형에 처해졌으며, 갈릴레이는 종교 재판에 회부되었다가 가까스로 살아 나오면서 "그래도 지구는 돈다"고 중얼거렸다. 다소 황당하게 여겨질지 모르지만 중요한 것은 인간의 지식에 대한 탐구가 얼마나 놀라운 인식의 변화를 가져오는지 짐작할 수 있는 대목들이다.

공부 하면 공자를 빼놓을 수 없다. 오죽하면 군자의 세 가지 즐거움 가운데 "배워서 때때로 익히는" 것을 으뜸으로 여겼겠는가. 공자는 군자는 옮음(義)을 쫓아 죽음도 마다하지 않고, 소인배는 이익(利)을 쫓아 옮은 것을 버린다고 했다. 이 말을 우리 현실 사회에 비춰 보면 학문적 양심을 버리고 여기서 이 말 하고 저기서 저 말 하며 권력에 부침하는 학자나 교수, 또 본분을 저버리고 사회적 지위를 이용해 정치판을 넘나드는 언론인이나 법조인들은 어떠한가? 똑똑한 제자들을 데리고 춘추전국의 중원을 돌며 그의 이상을 정치로 실현하려 했던 공자도 결국 낙향 길에 강가에 앉아 "저처럼 흘러가는가. 밤낮으로 쉬지 않고"(『논어』, 「자한편」)라고 탄식하며 오로지 제자 가르치는 일에 남은 생을 바친다. 그는 나이 50에 교사라는 직업이 천명임을 알았다.

영재교육 하면 공자지만 천하의 바보를 깨달음의 최고의 경지(아라한)에 올려놓은 붓다의 예도 빼놓을 수 없다. 붓다의 제자 가운데 스승의 말씀을 한 구절도 제대로 못 외우는 주리반특이란 바보가 있었다. 하루는 신자 집 공양 초대에 빠지게 된 주리반특이 울고 있자 사연을 안 붓다가 물었다. 네가 제일 잘하는 일이 뭐냐고. 청소라고 답하자, 붓다는 주리반특이 걸레질할 때마다 제자들에게 "요조 사라랑! 요조 사라랑!(때를 닦아라, 때를 닦아라)" 하고 다섯 글자를 외치라고 명했다. 마루를 부지런히 닦던 주리반특은 걸레질을 할 때마다 주위에서 외치는 소리를 듣고 문득 깨달았다. 깨끗했던 걸레는 더러워지고 대신 마루는 깨끗해지는 것을 보고 사람의 마음도 이와 같음을. 모든 것은 변하기 마련이라는 제행무상의 진리를 터득한 것이다.

근래 아내와 얼굴 마주 보는 시간이 많아지면서 지혜롭게 나이 듦에 대한 생각이 많아졌다. 만나는 사람마다 늙어가며 건강에 관한 걱정을 많이 한다. 개중에는 먹고살 만한데 건강에 대한 걱정이 지나쳐 오히려 마음의 병을 키우는 사람도 있다. 그런 사람을 볼 때마다 해주고 싶은 말이 "병을 양약으로 삼아라"(〈보왕삼매경〉)이다. 만물은 생기면 머물다가 허물어져 사라지고, 사람은 태어나면 늙고 병들어 죽는 것이 상식인데도 사람들은 이를 잘 받아들이지 않는다. 그래서 『장자』에서는 "저 대지는 몸을 주어 나를 싣고, 삶을 주어 힘쓰게 하고, 늙음을 주어 편안하게 하고, 죽음을 주어 쉬게 한다"(「큰스승편」) 하지 않았는가?

이제 맺어야 할 때다. 나는 틈틈이 황령산 숲길을 걸으며 우리에게 자연의 쉼터인 푸른 산이 있듯, 저잣거리 곳곳에도 숨은 스승과 달인들이 있음을 알았다. 얼마 전 전통시장 국숫집에 들렀다가 화장실 벽에 붙은 "내가 하고 싶은 일을 사랑하는 게 아니라, 내가 하는 일을 사랑하자!"라는 글귀를 보며 느낀 게 그 한 예이다. 그들에게 나는 앞으로도 계속 배울 것이다. 또 남은 시간 오랜 생명력을 지닌 옛글(고전)들을 두고두고 천천히 읽고 음미할 것이다. 자연이나 사람이나 글에서 배운 바가 있다면 그 느낌을 간혹 기록해 남길 것이다. 일찍이 로마 원로원에서 카이오 티투스는 "말은 사라지지만 글은 남는다(Verba volant, scripta manent)"라 했다. 이 세상 모든 기록물들은 '배워서 남 주자!'의 실천과 다름없다. 앞으로 편안한 마음으로 시를 쓸 수 있어 좋고, 끝으로 그동안 젊은이들과 함께 호흡한 대학 강단이 고맙다!

(2016. 2. 29)

4부

책갈피

독서의 정점이 될 책이 왔다

내 독서생활에 정점을 찍게 될 책이 도착했다. 판사 출신 불교학자 김윤수 선생이 번역한 『아함전서』 16권 한 질이 시절 인연 따라 내게 온 것이다.

10여 년 전 퇴직을 앞두고 아내와 함께 안동의 어느 절에 하룻밤 머물며 그 절 스님과 대화를 나누던 중 불교 공부를 좀 하고 싶다고 했다. 그러자 스님 말씀이 "생로병사의 이치만 알면 되지 공부까지 할 게 무어냐?"고 했다. 하긴 싯달타 태자도 생노병사의 운명을 알고자 집을 떠났지만….

그 뒤 절집 근처를 어슬렁거리며 이 책 저 책 보던 중 김윤수 선생의 『불교는 무엇을 말하는가?』라는 입문서를 접하게 되었다. 기자 시절 그의 행보에 대해 들은 바 있었지만 고집멸도, 네 진리 중 괴로움(고)과 괴로움의 원인(집)에 이어, 괴로움이 사라짐(멸)에 앞서 괴로움을 없애는 방법(도)부터 먼저 설명하는 것이 인상 깊었다. 이 때문에 그의 역서 『육조단경』과 『법화경』도 보았다.

그는 보시의 으뜸인 법보시의 원을 세워 오랜 노고 끝에 탄생한 『아함전서』 번역을 끝내고 한 언론과의 인터뷰에서 불경 역서에 매달린 이유를 설명했다.

찰나주의와 단견에 빠진 현대인들이 지은 업에 따른 윤회의 연기를 모른 채 "'지금 생(生)이 끝이라는 생각 때문에 사람들은 현재의 성취에 매달리고 욕망에 끌려다니는구나. 우리가 다음 생을 살아야 한다면?'이라는 의문이 들었다. 재판정에서 마주한 모습도 다르지 않았다. 특히 많은 것을 누리고 있거나 높은 지위에 있는 사람들일수록 욕망에 사로잡혀 흉한 꼴을 당하고 있었다." 고 말했다.(〈조선일보〉, 2019. 11. 22)

해 가기 전에 공부하는 노동자 한동일의 『라틴어 수업』과 보르헤스의 포스트모더니즘적 소설 『픽션들』을 읽고 나면 올해도 대충 마무리될 것 같다. 새해에는 『잡아함경』부터 시작해 초기 붓다의 원음을 가까이 할 수 있게 됐고, 무엇보다 쓸데없는 일에 휩쓸리지 않고 읽고 싶은 책을 보는 건강을 되찾게 돼 뿌듯하다.

나무 불경 수지독송서사해설!

(2019. 11. 23)

꽃향기 훔친 도둑

그대는 지금 남이 주지 않은 것을
스스로 일방적으로 취했으니
이러하면 곧 세간에서 진실로
향기 훔친 도둑이라 이름하리라
(汝今人不與 而自一向取
是即名世間 眞實盜香賊)

파리 다리가 흰 비단 더럽히듯
밝은 것에는 작은 허물도 나타나니
마치 먹 찍힌 흰 구슬처럼
작아도 모두 드러난다오
(蠅脚汚素帛 明者小過現
如墨點珂貝 雖小悉皆現)

-『잡아함경』5 화경花經 중

옛날 눈병 앓던 스님이 연못가에서 바람을 마주하고 연꽃 향기를 맡았다가 연못을 관장하던 천신에게 '향기 훔치는 도적(盜香賊)'으로 몰려 곤욕을 치르는 장면을 묘사한 게송이다. 만물에는 주인이 있기 마련인데 비록 꽃향기라도 주인에게 미리 양해 구하지 않고 함부로 취해 허물이 드러남을 경계하고 있다.

『아함전서』 읽기 첫째 관문인 『잡아함경』 다섯 권을 일독했다. 마지막 권인 「유게편」은 볼륨도 두껍고 위 인용문처럼 모두 짧은 시 형식의 게송으로 돼 있어 읽기도 어려울뿐더러 뜻도 함축돼 이해가 쉽지 않았다.

불경 중 하나만 남기고 다 없애야 한다면 『잡아함경』이어야 하고, '가까이 두고 하루에 단 한 줄 만이라도 읽고 새겨야 할 소중한 가르침'이 초기 경전인 『아함경』이라는 믿음에 따라 쉬엄쉬엄 읽다보니 어느덧 다섯 달, 코로나19의 질곡도 진득한 책 읽기로 나고 있다.

(2020. 6. 5)

읽을 책은 쌓이고

장마가 길어지는 때 읽을 책이 또 쌓여 있다. 꼭 봐야 할 것은 아니지만 볼 수 있으면 볼 참이다. 읽고 쓰는 일 말고 딱히 할 일도 없다. 그러나『아함경』은 계속 보고 있다.

경전은 읽는다기보다 보는 것이 맞다. 신信, 해解, 행行, 증證 중 첫 번째인 믿음도 이해가 바탕이 돼야하기에 나는 경을 본다.『아함경』16권 중『잡아함경』5권과『증일아함경』3권 읽기를 마쳤다.

붓다 설법 중 졸다 꾸중 듣고서는 장좌불와 수행하는 아나율 존자. 세존이 "아나율이여, 눈은 잠을 먹이로 한다. 부디 잠을 자라" 타이르지만 계속 정진하다 실명했지만 천안을 얻은 이야기, 무저항 비폭력(아힘사카)의 상징이 된 살인마 앙굴리마라의 교화 등 한 법수에서 이야기의 가지가 이어지는『증일아함경』.

읽을 책 중에는 작고한 김종철 선생의 다음과 같은 충고도 있다. "책을 너무 많이 읽지 말고, 인용하지 말고, 내지 말라."

(2020. 7. 31)

아함경 일독을 마치며

도도한 장강을 거슬러 온 느낌이다. 연초부터 보기 시작한 아함경 전서를 덮으며 든 생각이다.

잔 글에 어려운 한자 음역과 니까야와 대조, 숱한 뜻풀이 각주에 이르기까지 더 늦기 전에 보고 싶었던 초기 경전인지라 하루 50여 페이지씩 능엄신주를 들어가며 읽고 교정도 보며 뜻을 새겼다.

『잡아함』과 『중아함』 5권씩, 『증일아함』 4권과 『장아함』 2권 해서 모두 16권의 두터운 김윤수 역 『아함전서』는 나의 독서 이력에 새 전기를 마련했다.

색수상행식 5온의 공함과 지수화풍 4대, 안이비설신의 6식의 무상함, 생사 윤회하는 12연기의 이치, 그리고 괴로움의 실체와 해탈을 위한 고집멸도 4성제, 10대 제자 1,250 아라한과 성문4과 4쌍8배의 숱한 불제자, 4계급, 천인, 아수라 등 6도 중생과 욕계와 색계, 무색계 33천 세계, 6바라밀과 8정도, 8만 4천 법문의 장광설, 장광설….

2,500여 년 전 붓다 가르침의 진수를 생생하고 마치 곁에서 법문 듣듯 읽고 새기며 1년 내내 행복했다. 그러나 영양가 넘치는 진리의 음식을 허겁지겁 취하느라 미처 소화를 다 못 시켰다.

초식동물이 순한 눈망울로 편한 곳에서 되새김질하듯 새해에는 『잡아함경』부터 다시 찬찬히 볼 참이다. 노니 염불한다고 생노병사의 불도 못 끄면서 쓸데없는 일에 시간 낭비할 겨를이 없다.

언젠가 중국 중경에서 유람선 타고 양자강을 따라 내려가며 풍경과 삼국지 무대도 둘러보며 대륙의 풍물을 맛보았다. 그러나 그 장강도 욕망의 삼협댐에 막혀 홍수위를 높이며 자연법을 지우고 있었다.

하지만 진리의 바다는 수많은 장강 물도 받아들이나 결코 넘치지 않는다. 아함경도 법의 바다에는 한 줄기 장강에 지나지 않을 것이다.

한산 김윤수 선생의 법 보시를 존경하며 경전 인연 맺어준 아내 여여원 보살이 고맙다.

(2020. 12. 7)

내 인생의 책

책은 추억을 깊숙이 소환하는 미디어다. 1976년, 지도교수께서 대학에 남기를 권했지만 졸업 전 생활 전선에 나섰다. 그러나 문학의 꿈은 버리지 못하고 보수동 헌책방 골목을 기웃거렸다. 내가 손때 묻은 책들을 쉽사리 버리지 못하는 이유다.

"내 사랑도 어디쯤에선 반드시 그칠 것을 믿는다. 다만 그때 내 기다림의 자세를 생각하는 것뿐이다."(황동규의 시 「즐거운 편지」 중) 고교 때 쓴 시라면 너무 조숙했다 생각지 않겠는가? 신문 고정란 '내 인생의 책'에서 외교관 출신 필자가 고른 5권의 책 중 하나로 소개한 시집 속 시다.

부전자전 문재文才를 이었기에 70년대 말 보수동 양서조합에서 구입한 그의 시집을 다시 꺼내 보았다. 책값 700원이 눈에 띄었고 내 사인이 유치했다. 그러나 당시 엄혹했던 시대 상황, 기자로서 좌절감이 아프게 다가왔다.

砲들이 얼굴 망가진 아이들처럼 울어
찬 눈에 홀로 볼 비빌 것을 알았던들
계룡산에 들어 조용히 밭에 목매었으련만
목매었으련만, 대국 낫도 왜낫도 잘 들었으련만

–황동규의 시 「삼남에 내리는 눈」 일부

동학혁명의 꿈이 좌절된 전봉준을 소재로 한 시다. 나는 훗날 그의 부친 황순원 선생 3주기에 선생을 기리는 짧은 시 한 편을 쓴 적 있다. 애제자 최인호가 쓰잘데기 없는 글 쓴다고 문전박대한 일화를 안 직후였다.

나무들, 비탈에 서다
그러나 나무들
하늘 향해 곧게 서다

–「나무들 비탈에 서다」, 졸시집 『수촌의 산』 수록

책장을 정리하면서 여전히 망설여지는 책 중에 상당수 시집이 포함돼 있다. 내 인생의 책은 불경과 몇 권의 시집이 될 것이다. 그러나 최고의 책은 역시 시대를 아프게 산 사람들이 될 것이다.

(2020. 11. 23)

진흙에서 연꽃을 피운 구마라집

모처럼 열독, 탐독했다. 700페이지 분량에, 작은 글씨에 각주까지 달린 천시天時, 지리地利, 인화人和가 만든 위대한 인간의 전기를 밤늦게 시간 가는 줄 모르고 읽었다.

카슈미르 ↔ 간다라 ↔ 파미르 고원 ↔ 쿠차 → 고창 → 양주 → 장안에 이르는 3세기 전법 파노라마. 북인도 출신 비구와 서역 공주 사이에 태어난 1,600여 년 전 동아시아 최고의 천재를 두고 위진남북조 세 나라가 전쟁을 벌인다.

또 아버지처럼 위계에 의한 파계승이지만 눈이 파랗고 준수한 용모의 구마라집은 운명에 굴하지 않았다. 『금강경』 등 반야부 대승경전을 비롯해 『중론』, 『대지도론』 등 중관사상의 핵심 논서 등 350부의 범어(인도어), 호어(서역어)로 된 경, 율, 론 삼장에다가 소, 별기까지 삼천여 제자들과 함께 한자(중국어) 운율로 정확하고 아름답게 풀어내 한자문화권에 절대적 영향을 끼친 한 인간을 만났다.

그의 특허 번역인 색즉시공, 공즉시색! 한 해가 가기 전에 좋은 책을 만나 밑줄도 긋고 페이지도 접고 하면서 책을 읽는 내내 행복했다.

한 친구는 내게 불경 한 편을 읽으려면 팔 년이 걸리고 읽을수록 그 맛이 새로워진다고 했다. 나는 '금강경'을 읽으면 재미있다. 앞날이 얼마 남지 않았더라도 나는 여전히 불경 한 구절을 읽을 것이다. 선인들의 열독 경험에 따르면 나이 들어서는 불경을 읽어야 한다.

—공빈, 『구마라집 평전』

(2019. 12. 30)

인문학의 보고 〈삼국유사〉를 읽고

책장을 덮고 나니 뿌듯했다. 각주가 많아 고생했지만… 우리 민족의 기원을 밝히는 신화부터 삼국의 역사와 불교 전래에 따른 각종 이적, 감화, 14수의 향가와 배경 설화, 절과 탑, 불상에 얽힌 전설 등 장대한 파노라마를 본 느낌이었다.

문학과 역사와 철학을 집대성한 보각국사 일연 스님의 〈삼국유사〉는 사실 문과 출신이라면 한번 읽어봐야 할 내용이지만 그동안 책만 사두고 차일피일 미루다 이번에 마음 먹고 읽기를 마쳤다. 기이와 흥법, 탑상, 의해, 신주, 감통, 피은, 효선 등 목차만 봐도 무궁무진한 조상들의 이야기가 숨어 있다.

왜구의 노략질이 오죽했으면 왕이 죽어 용이 되어 동해를 지키겠다며 수중릉을 만들고, 만 가지 파도를 잠재울 피리(만파식적)까지 등장한다.

그리스, 로마 신화는 훤히 꿰면서 우리 문화의 정체성이 깃든 인문학의 보고가 외면당하고 있는 작금에, 특히 창의력을 강조하는 곳에 〈삼국유사〉가 널리 읽히고 활용되기를 빈다.

(2019. 7. 25)

바다의 침묵

산책하다가 가끔 물구나무서기 운동기구를 탄다. 나무나 하늘을 거꾸로 올려다보면 나는 심해의 한 마리 저서어가 된다. 물고기에게 물이 집이듯 인간에게는 공기가 집이다. 나아가 지구를 어머니처럼 포근하게 감싸는 대기는 그 무엇과 비교할 수 없는 소중한 생명의 집이다.

책 이야기 하나만 더 하자. 2차 대전 당시 독일에 점령당한 프랑스인들은 자존심이 엄청 상했다. 그중 베르코르라는 필명의 한 작가는 점령군의 폭압은 말할 것 없고 거기에 빌붙어 권력을 향유하는 부역자들을 보며 '심야총서'라는 지하문고를 만들어 저항문학운동을 벌인다. 그 첫 번째 소설이 바로 『바다의 침묵』이다.

나는 학창시절 이 문고본 소설과 선우휘의 『묵시록』, 그리고 임종국의 『친일문학론』 등을 읽으며 문학의 사회적 역할에 대해 여러 생각을 했다. 언론의 역할은 말할 것 없고… 그러나 우리는 프랑스처럼 철저하지 못했다. 미당 서정주 같은 이는 반민특위에 붙잡혀 갔어도 반성은커녕 "일제가 그렇게 빨리 망할 줄 몰랐다"며 자신의 친일문학 행위를 변명했다.

베르코르의 소설 속 교양 있는 독일군 장교는 서가가 프랑스 작가들의 알파벳 이름 순으로 가지런히 정렬된 한 시골 민박집에서 100여 일 동안 출퇴근하면서 한 마디 말도 섞지 않는 집주인 노인과 조카 딸의 침묵과 마주한다. 자신이 프랑스 문학으로 대표되는 문화를 얼마나 사랑하는지, 그 문화가 음악으로 대표되는 독일 문화와 결합되면 얼마나 훌륭한 결과물이 나올 것인지 메아리 없는 혼잣말을 계속하고….

끝내 침략자인 자신의 조국 나치 독일은 '장차 썩은 시체를 거름으로 보리가 자랄 넓은 평야, 소련과의 전쟁터'로 자신을 보내기로 결정했음을 알린다.

그 집에서 마지막 밤을 보낸 뒤 이튿날 떠나야 하는 그가 마지막으로 노인 조카딸을 보았을 때 그제야 그녀는 침묵을 깼다. "아듀(안녕히 가세요)"라는 한 마디 말. 위대한 웅변은 바다의 침묵이듯.

(2019. 8. 26)

책 읽기, 본다는 것

하늘이 높아가고 말이 살찌는 천고마비의 계절이 돌아오면 중원의 옛 한족들은 북방 기마민족들이 쳐들어올까 걱정하고, 우리의 대학가 도서관에서는 '검색보다 독서를 통한 사색'을 강조한다. 나도 가을이 깊어가며 몇 권의 책을 읽었다.

우선 을유문화사에서 나온 『서유기』 상 · 중 · 하 세 권을 보수동 헌책방 골목에서 샀는데 유불선 삼교를 깔고 전개되는 현장의 구법기행에다, 삽화에 장마다 어울리는 한시를 곁들여 내용은 풍부했으나 활자가 너무 작아 돋보기로 보다가 눈이 침침해져 마침내 포기하고 유튜브 동영상으로 돌아섰다.

다음은 삼조 승찬대사의 『신심명』 풀이를 곱씹어 보았고, 마침내 서점에 갈 때마다 주저하며 벼렸던 용수의 『중론(희론)』 풀이 읽기에 들어갔다. 그러나 붓다 입멸 후 최고의 일체지를 자랑해 용궁에 보관했던 지혜의 창고를 물려받아 이름도 아르주나(나무 이름)에서 용을 뜻하는 '나가'가 덧붙어 나가르주나(용+나무)로 바뀔 정도로 대단한 철학서인 『중론』은 웬만한 논리학 실력으로는 따라가기 힘들어 내용만 대략 파악하고 덮었다. 불교철학 체계화에서 일본학자들의 업적이 놀라웠다.

다음은 오르한 파묵의 『내 이름은 빨강』. 흔히 노벨 문학상 수

상자 발표만 되면 서점가에서 앞다투어 팔던 베스트셀러라서 읽었던 게 아니고(시기도 좀 지났지만) 독서정보만큼은 신문을 통해 체크하는 편이라 최근 '본다는 것'의 의미를 분석한 기획기사를 보다가 이 책의 내용을 알게 됐다.

> 안다는 것은 본 것을 기억하는 것이며, 본다는 것은 기억하지 않고도 아는 것이다. 그러므로 그림을 그린다는 것은 어둠을 기억하는 것이다.

터키 여행은 한 적 있지만 소설을 접한 것은 처음인지라 16세기까지 유럽과 아시아를 걸쳐 지배한 오스만 터키 제국의 예술, 특히 회화에 관해 굉장한 지적 체험이었으며 움베르토 에코의 추리소설『장미의 이름』과 비견됐다.

끝으로 지금 손에 잡은 책이 목성균의 수필집『누비처네』이다. 비록 십여 년 전 돌아가신 잘 안 알려진 분이지만 고즈넉하게 아름다운 문장이라 아껴가며 읽을 요량이다. 그러나 내 책상 위에는 아직 읽다 만 다석 유영모 선생의 두꺼운 초기 강의가 읽히기를 기다리고 있다.

쓰는 것보다 읽고 보는 것이 좋은 계절이다.

(2018. 10. 30)

폭염과 독서-서늘한 독후감

스탈린의 압제와 히틀러의 광기. 320만 도시 인구 중 처형과 폭격, 아사와 동사로 100만 명 이상이 죽었다. 그러나 기아와 혹한의 추위에도 사람들은 도서관을 찾았고, 책을 읽다 앉은 자리에서 얼어붙으면 거리에 내다 버렸고 곧 시체는 알몸으로 변하고 팔다리가 사라져갔다.

지금으로부터 불과 70여 년 전 러시아 제2의 도시 레닌그라드(지금의 상트페테르부르크)에서 벌어진 일이다. 인간이 얼마나 잔인할 수 있고, 또 얼마나 인내할 수 있는가를 보여주었다. 그 폐허에서 피어난 예술혼!

쇼스타코비치는 지옥 같은 환경 속에서 교향곡을 잇따라 작곡했고, '강철인간' 스탈린은 그중 한 악보를 서방세계로 극비리에 유출해 미국, 영국의 동맹을 이끌어냄으로써 결국 나치의 항복을 받아내 2차 대전 승전국이 되었다.

음악을 정치에 이용한 프로파간다는 히틀러도 마찬가지로, 그는 죽은 바그너를 이용했지만 쇼스타코비치의 교향곡 7번은 전쟁 와중에 그가 사랑했던 고향에서 굶주린 라디오 교향악단에 의해 극적으로 연주돼 확성기와 라디오로 실황 방송되면서 더욱 감동을 자아냈다.

'슬라브족을 아리안의 노예로 삼겠다', '레닌그라드를 지도에서 없애라!'(2차 대전 사망자 5천만 명 가운데 러시아인 사망자는 2,700만 명) 전체주의의 광기와 폭력. 거기에 맞선 소비에트 볼셰비키즘의 압제와 피의 숙청.

15년 전이나 다시 찾은 지금이나 상트페테르부르크에는 이미 '이즘이 과거(ism was)'가 돼 버렸지만….

연일 계속되는 폭염 속에 인내를 갖고 읽은 다소 두꺼운 책 『죽은 자들의 도시를 위한 교향곡, 쇼스타코비치와 레닌그라드 전투』는 지난 과거, 우리가 미처 몰랐거나 잊어버린 역사를 생생하고 서늘하게 되새겨준 한 편의 장편 다큐였다.

(2018. 8. 2)

사아디라는 페르시아 시인

한 뿌리에서 인류는 나왔지
게다가 창조로 바탕 이루었지
가지 하나만 충격받아도 충분치

유엔본부 건물에 새겨져 있다는 페르시아 시인 사아디(1213~1291)의 시구이다. 기독교와 이슬람의 조상이 한 뿌리이며, 어느 한 가지가 충격을 받아도 고통을 함께한다는 불교의 동체대비 정신이 시에 잘 녹아 있다.

원문을 몰라도 아래 시는 이러한 자비심을 더욱 구체적으로 표현하고 있다.

모든 아담의 후예는 한 몸을 형성하며
동일한 존재다
시간이 고통으로 그 몸의 일부를
괴롭게 할 때
다른 부분들도 고통스러워한다
그대가 다른 이들의 고통을 느끼지 못한다면
인간이라 불릴 자격이 없다

지금 이란을 중심으로 페르시아는 '시의 나라'라 할 만큼 시가 일상생활에 깊게 뿌리 내렸으며 오마르 카이얌, 하피즈 등과 함께 사아디는 4대 시인으로 칭송받고 있다.

그는 30년간 탁발승으로 중근동 각지를 여행하며 많은 글을 쓴 수피 명상시인이었다. 그의 우화집 『사아디의 우화 정원』을 읽으며, 팔레비 정권이 무너진 뒤 우리는 이란과 너무 멀어졌다는 생각이 들었다.

우화집의 짧은 우화 한 편을 팁으로 소개한다.

> 딱 한 번 나는, 나의 불운을 원망하여 불평한 적이 있다. 당시 너무나도 가난하여 신발을 마련할 수 없었기에, 아린 맨발로 투덜거리며 쿠파 신전으로 들어갔다. 그때 거기서 나는 발 없는 사람을 보았다.

(「딱 한 번」 전문)

(2019. 12. 12)

5부

시에 관하여

시 짓기의 아픔

시는 전적으로 자유의 산물이다. 왜냐하면 시는 창작물이니까. 그런데도 시를 쓴다는 것은 왜 고통이 따르는가? 마음을 표현해야 하니까. 마음을 나타내는 것이 어려운 이유는 무형의 것을 보여줘야 하니까. 자, 이쯤 쓰고 나면 독자들은 제목과 관련한 필자의 자문자답을 대충 이해하리라 믿는다. 그런데 문제는 좋은 시 쓰기이다.

좋은 시란 어떤 시인가? 아마 평자評者 수만큼이나 좋은 시에 관한 정의는 많을 게다. 필자가 생각하는 좋은 시는 한 마디로 독자들의 마음에 와닿는 시이다. 마음에 닿기 위해서는 그만큼 공감대가 형성돼야 하고 공감대의 폭을 넓히기 위해서는 사람의 마음을 잘 알아야 한다. 사람의 마음이란 무엇인가? 바뀌지 않는 사람의 마음, 곧 항심恒心이란 정말 있기는 있는 것인가? 시인이 무슨 수로 모든 사람의 마음을 사로잡을 수 있을까? 그래서 내린 결론은 좋은 시란 가능한 한 많은 사람의 마음에 드는 것이 아닐까 생각한다. 가능한 많은 이의 마음에 쏙 드는 좋은 시라!

꽃이 지기로소니 바람을 탓하랴
주렴 밖에 성긴 별이 하나 둘 스러지고

귀촉도 울음 뒤에 머언 산이 다가서다.

촛불을 꺼야 하리 꽃이 지는데
꽃 지는 그림자 뜰에 어리어
하이얀 미닫이가 우련 붉어라.

묻혀서 사는 이의 고운 마음을
아는 이 있을까 저허하노니
꽃 지는 아침은 울고 싶어라.

조지훈의 시 「낙화」 전문이다. 필자는 시 외우기에 통 재주가 없어 지금도 어렴풋 외우고 있는 시가 몇 안 되는데 지훈의 이 시 중 특히 종장을 좋아한다. 벼슬길도 마다하고 두문불출해 서책을 밤새 읽으면서 떨어지는 꽃에 대한 자신의 마음을 고스란히 드러내는 조선 선비의 멋이 풍겨나지 않는가?

이처럼 시는 사람의 마음을 통할 때만 맛을 드러낸다. 앞서 좋은 시란 많은 이의 마음에 드는 시라 했는데 마음을 전하는 도구가 언어이고 언어로써 전하는 지적 장치가 바로 메타포이다. 시인의 마음에 비친 사물이나 현상을 언어로 형상화하기 위해선 지적知的 장치가 필요한데 그냥 생각나는 대로 마구 써 내려가는 게 아니라 일정한 틀 속에서 비유나 은유를 통해 압축(dichtung)해 내는 기술이 필요하고 그렇게 해서 표현한 것이 독자의 마음을 움직일 때 비로소 '시의 힘'이 발휘된다. 따라서 좋은 시는 일차적으로 시를 쓰는 시인의 몫이지만 좋은 시를 제대로 음미하고 반응을 보이는 독자들의 심미안審美眼도 필수적이다.

이쯤 되면 시를 읽고 싶은 사람들에게 굉장히 부담을 주게 되는데 시 읽기는 마음의 여유에서 출발한다는 것을 명심하시라. 가령 그리스의 초기 여류 시인 사포의 '소녀'라는 시에는 "어머니, 물레에 손이 가지 않아요"라는 구절이 있다. 어떻게 여유가 있어 세계명작 서정시집이라도 뒤적이다 이 구절을 봤을 때 '아하! 앳된 소녀에게 사랑하는 사람이 생겼을 때의 설레는 마음을 이렇게 잘 표현했구나' 정도는 충분히 느낄 것이다. 이처럼 좋은 독자는 시의 행간을 통해 상상의 나래를 펼 줄 안다.

인류가 발명한 것 가운데 최대의 역작은 문자이다. 문자의 발명으로 인해 인류는 과거 조상들의 경험을 기록으로 유지할 수 있고, 기록이 축적돼 정보량이 늘수록 문명의 발전은 속도를 내기 시작했다. 그 문자의 기록 가운데 가장 우수한 표현 양식이 바로 시이다.

시는 내용에 따라 서정시抒情詩와 서사시敍事詩로 구분하는 것은 상식이다. 서사시는 주로 전설이나 설화를 담아내는 데 많이 이용됐는데 「용비어천가」를 예로 들 수 있겠고, 서정시는 신라 '향가'를 예로 들 수 있겠다. 이러한 형태의 시적 구분에 따라 시의 생명력은 시대 상황이나 환경에 따라 달랐는데 최근의 경우 이데올로기가 성하면 '참여시' 계통의 서사구조가 득세했고, 나라가 평온하면 서정시 계통이 강한 것이 아닌가 생각된다. 그러나 전반적으로 생명력이 강한 것은 아무래도 사람의 심금心琴을 울리는 서정시 쪽이 아닌가 한다. 시를 잘 모른다는 아주머니들도 김소월의 시 몇 줄은 외우고 있으니 말이다.

얼마 전 필자의 네 번째 시집 출판기념회에 원로시인 문덕수 선생을 초청해 강의를 부탁한 적이 있었다. 문 선생은 그 자리에서 우리나라 시인들의 '무책임한 시 쓰기'에 대해 많이 나무랐다. 시가 갖춰야 할 최소한의 형식이나 지적 장치를 무시하고 마구 휘갈기면서도 시인을 자칭하는 사람이 너무 많다는 요지였다. 마치 필자에게 하는 말인 것 같아 얼굴이 화끈거렸음은 물론이다. '시인은 많으나 좋은 시는 드물다'는 세간의 비판이 떠올랐음이다.

그럼에도 불구하고 왜 우리 주위에서는 끊임없이 시를 쓰고 있고, 몇몇 잘나가는 유명시인들의 기획출판을 제외하곤 대부분 자비自費 출판의 시집들이 줄곧 나도는 것일까? 그것도 어렵게 자비 출판한 시집을 이웃이라고 아파트 같은 동수 사람들에게 돌리면 다음 날 아침 쓰레기로 배출되는 '시 외면' 현실에서….

나는 이 부분에서 김수영의 독설 '시여! 침을 뱉어라'라는 구절과 영화 〈죽은 시인의 사회〉가 떠오른다. 바쁘게 살면서 자식 키우고 남편 뒷바라지하고 그래도 문학의 꿈을 버릴 수 없어 틈틈이 쓴 시편들을 모아 조심스레 아는 시인이나 평론가의 평을 고맙게 받아 가까스로 펴낸 주부시집 한 권. 자신의 인생 유일한 활자 기록, 그 인문人文의 소중한 유산이 채 한 페이지도 읽히지 않고 쓰레기로 버려지다니! 그 시집들의 '시인의 말' 대부분은 '자기 구제'였다.

필자는 30년 넘게 직장 생활을 하면서 시집 네 권을 냈다. 첫 번째 시집 『야인기野人記』는 5공 초기 때여서 제목이 수상하다며 선배들조차 출판기념회 여는 것을 만류해 하는 수 없이 몇몇 지인知人들만 초청해 부산 광복동 입구의 주점 '양산박'에서 열기도 했다. 그런 시집을 낼 때마다 주위 사람들이 묻는 말이 있다. '도대체 그 바쁜 와중에 시는 언제 쓰냐'고. 나도 모른다. 정확히 언제 시가 쓰이는지. 그러나 분명한 것은 남의 시를 베끼는 것은 아니다. 스쳐 지나가는 자연의 한 장면, 누군가를 물끄러미 보면서 생각한 한 기억, 무슨 책을 보면서 느낀 감상 등등의 편린片鱗들이 내 기억의 어느 한켠에 저장돼 있거나 메모 쪼가리, 수첩 한 귀퉁이의 무심히 적은 문구들이 모여 어느새 시의 소재가 된다.

그러나 이러한 소재들이 바로 시 쓰기로 이어지는 것은 아니다. 외적 경험과 내면의 감성이 조화를 이루고 시간이라는 여과장치를 걸러 여러 차례 시행착오를 거쳐 시가 되고, 시집이 되는 것이다. 따라서 나의 시는 내 삶의 궤적軌跡이라 할 수 있겠다. 그러나 릴케가 두이노 성에 머물면서 '뮤즈여, 나에게 오라!'라고 외치며 오래 시적 영감靈感을 기다려 「두이노 비가」 연작시를 마침내 완성한 것처럼 거창한 시 쓰기 경험을 말하는 것은 아니다. 다만 백일장처럼 마음먹고 지금부터 시 쓰기 시작! 해서 줄줄 좋은 시가 나온다면 이 땅의 시인들은 시 공장의 획일화된 생산자일 뿐이라는 생각의 바탕에서 나름으로 산고産苦를 겪고 있다는 것을 말하고 싶을 뿐이다.

필자는 늦깎이 시인으로 등단하면서 한 가지 부담스러운 게 있다. 같은 「시문학」 출신 지역동인들이 해마다 내는 사화집詞華

集에 의무적으로 서너 편의 시를 내야 하는데 필자에겐 마치 1년 숙제 같다. 그러나 그마저 없다면 내 게으른 성격에 생활의 긴장감 또한 없어질지 모를 일이다. 그래서 동인들이나 알 만한 사람들에게 시인이란 사람들은 시란 고통스러운 업보를 평생 지고 사는 사람들이라고 넌지시 귀뜸해준다.

누가 시키지도 않는데 스스로 고통의 멍에를 지고 영혼의 에너지를 소진하고 있는 시인이란 존재는 과연 무엇인가? 한 줄의 시가 누군가의 헝클어진 내면을 정화시키고 희열을 맛보게 한다면 그만한 문화의 자양분이 어디 있겠는가? 시업詩業으로 고통받는 이 땅의 시인들을 위한 진정한 위무慰撫는 단 한 줄의 시라도 서로 읽어주고 격려하는 일이다.

"시를 읽고 쓰는 일이 지상에서 가장 죄 없는 일이다."

필자가 최근 시집 서문에 소개한 글이다. '언어는 존재의 집'이란 말로 유명한 마틴 하이데거가 한 말이다. 인문학의 위기에 사는 오늘날 그래도 좋은 시 한 줄 찾아 읽을 여유를 갖고 사는 훌륭한 독자가 있는 한 이 땅에 사는 시인들은 평생 단 한 편의 좋은 시를 남기기 위해 밤을 세울 것이다.

끝으로 필자의 회사 화장실 문에 최근 붙은 법관 시인의 시 한 편을 소개하면서 글을 맺는다.

기다림을 위하여

-고종주(1950~)

샘이 물이 고이기를 기다려 넘치고
바람이 숨이 모이기를 기다려 숲에 있고
싹은 흙의 무게를 견디며 눈을 뜨고
풀잎은 이슬을 기다려 어둠을 견디고
열매는 뜨거움을 견디며 익는다.

그대 사랑을 기다리며
세월을 견딘다.

(〈처용수필〉 2006년 13집 수록)

무던한 삶을 위한 시 쓰기

향수의 시

뜻밖의 원고 청탁에 늦깎이 등단 19년을 몇 권의 시집을 통해 되돌아보다가 문득 앞날보다 지난날에 대한 추억이 많아졌음을 새삼 느낀다.

"고향에! 고향에! 돌아와도 그리던 고향은 아니러뇨!" 중년 남자의 낮고 비감한 목소리는 주변 분위기를 숙연하게 했다. 정진업은 술에 취하면 고향에 돌아와도 그리던 고향이 아님을 읊조렸고 그가 읊은 것이 당시 금서였던 정지용의 시집 속 「고향」이었음을 뒤에 알았다. 1970년대 중반 마산 불종거리 부근 선술집 '음악의 집'에서의 한 풍경이다. 그는 월북한 이태준의 『문장』지를 통해 등단했다 하여 당시 부산일보 문화부장 자리에서 쫓겨나, 생계를 위해 예식장 주례를 도맡아 했고, 또 "마도魔都 서울을, 사농공상의 폐해를 규탄한다!"(정진업 시집 『불사의 변』 수록)를 외치기도 했다. 당시 동사무소에서 병역을 치르던 필자가 술을 권하면 그는 내게 줄 게 이것밖에 없다며 주례용 흰 장갑을 건네주곤 했다.

이 술집에는 게 그림을 즐겨 그리던 화가 최운, 창동 허새비 시인 이선관, 제2의 이중섭으로 불리던 화가 현재호, 그리고 작곡가 조두남 선생도 가끔 보였다. 이선관, 현재호 등은 또 부림시장에서 가난한 예술인들의 술과 밥이었던 이영자 여사의 '성광집'과 선술집 '고모령'의 단골이기도 했다.

유신의 서슬이 시퍼렇던 당시, 우리들은 술에 취해 이선관 시인의 「헌법 제1조」 "대한민국은 민주공화국이다?"를 반복했고, 그의 시 「애국자」의 "똥퍼여! 동포여!"를 외치며 키득거렸다. 그러다가도 가톨릭문화원 지하의 방송인이자 시인 추창영 여사의 클래식다방 '백랑'에서는 시벨리우스의 〈핀란디아〉를 들으며 울분과 억눌린 감정을 삭이기도 했다

나는 마산에서 태어나 부산에서 대학을 다녔고, 부산과 울산, 그리고 마산과 이웃한 창원에서 주로 기자생활을 해 지인들에게는 '삼산거사'를 자처했다. 하여 가난한 학창시절 낭만과 꿈이 아롱졌던 내 고향 마산에 대한 추억을 다섯 번째 시집에서 다음과 같이 적었다.

> 문득 사랑을 찾아 방황하던
> 마산 부림동 시장 안의 주막이
> 주마등처럼 세월을 거슬러 올라왔다
>
> 순진무구의 껑충한 이선관 시인도
> 부모 기일에 하릴없이 흐르는 물에
> 풀잎 한 장 띄워 보낸 현재호 화백도
> 연좌제에 묶여 평생을 술로 삭힌 정진업 시인도

게 그림만 그리다가 쓸쓸히 떠난 최운 선생도
가난한 예술가들의 술과 밥이던 이영자 여사도
망각의 강을 건너왔다

추억은 죽음의 순서도 없이 삼삼오오 주막에 모여
칠판에 삐뚤삐뚤 쓴
이 여사의 개망초꽃에 관한 시를
지우고 고쳐 쓰며
히죽 히죽 웃고들 있다

그곳에는 문화 불모지의 부재증명도
개망초의 하얀 꽃잎이 하고 있었고
막걸리, 시락국 한 사발에
서로 바라만 보아도 선한 눈들이 행복했다

–「개망초꽃도 시가 될 줄이야」 중간 부분(같은 제목 시집)

당시 전국 7대 도시 중 하나로 경남의 중심이었던 마산은 지금은 창원시에 흡수돼 합포, 회원구 앞에 겨우 행정명이 들어가는 명맥만 유지하고 있다. 지용의 시처럼 "고향에 고향에 돌아와도 그리던 고향"은 이제 추억 속에만 남았다.

촌기자의 시

1971년부터 1976년에 걸친 대학생활은 유신정권의 엄혹한 시기를 거쳤다. '긴급조치'가 남발되고 대통령 욕을 하면 잡혀가던 대학 1학년 교내 방송기자 시절, 연세대 교수의 '양심선언문' 유인물 내용을 12시 뉴스에 보도하던 중 학교당국이 변전소 스위치를 내려 방송이 중단되고 그로 인해 경고를 받은 나는 방송국을 그만두었다. 또 대학 3학년 때 교지 편집장을 맡아 사회문제 고발 사진과 베트남 전쟁 파병문제를 다룬 단편소설 등을 의욕적으로 게재했으나 사후 검열에 걸려 교지는 갈기갈기 뜯겨 결국 누더기로 바뀌고 말았다.

학내 언론탄압의 부조리를 겪은 나는 1976년, 중앙지 지방주재 기자로 입사해 부산에서 방송기자를 겸할 당시에도 기사 검열과 언론 통제는 여전했다. 재벌의 언론 소유가 말해주듯 처우는 좋았지만 언론을 기업 비호 수단으로 삼았고, 이윽고 1979년 부마민주항쟁과 함께 유신정권은 몰락했지만 다시 신군부의 군사정권으로 이어지며 언론 강제 통폐합과 함께 다시 다른 방송국으로 자리를 옮겨야만 했다. 1980년대 민주화운동 내내 언론들은 경찰 쪽에 서서 시위대의 폭력성을 부각시켰고, 방송은 정권의 나팔수로 전락했다.

다소 장황하게 과거 이력을 밝히는 이유는 언론인의 역할에 한계를 느낄 때 개인의 일탈 행동이 어떻게 나타나느냐에 대해 말하고 싶기 때문이다.

등단하기 훨씬 전인 1986년, 틈틈이 써둔 원고로 첫 번째 시집(『야인기』)을 내기로 했으나 공영방송 기자가 내야 할 시집 제목으로는 곤란하다며 회사 간부들이 제목을 바꿀 것을 끈질기게 회유했다. 그러나 나는 부산 광복동 입구 술집 '양산박'에서 가까운 지인들을 초청해 시집 제목 그대로 출판 기념회를 열었다. 술을 마시지 않으면 온전히 견디기 어렵던 시절이었다. 그래서 나는 이렇게 읊었다.

벽 같은 세상 마주보고 살면
내 마음도 벽 같아질까

푸념도 분노도 아닌
한잔 술이나 마시고
웃고 살면 되는 걸까

귀걸이 코걸이
약하고 슬픈 자만 남아
한잔 술이나 할까

—「한잔 술이나 할까」 후반부, 시집 『야인기』

자연 나는 언론 내부 민주화를 위해 기자협회와 노조 활동에 가담했고 늘 가슴에 분노가 쌓여 눈이 맑지 못하자 아는 스님으로부터 '수더분하게 살아라'는 뜻의 수촌壽村이라는 호를 받았다.

속이 훤히 보이는 맑은 물에서도
두 눈 부릅뜸인가?

시리도록 찬 물에서도
두 눈 부릅뜸인가?

세상의 청정을 지키는
너의 두 눈은 뜨겁다

-「열목어」 전문, 시집 『나무는 상처를 드러내며 자란다』

여가의 시

언론인 생활을 마감한 나는 직장 생활 전후로 대학 강단에서 7~8년 후학들을 가르치다가 이젠 완전한 백수가 되었다. 직장 생활을 마감할 때 역시 호를 준 스님이 '세상 사람과 더불어 시나 지으며 살아라(與天下人作詩)'라는 글도 주었다.

딱히 할 일도 마뜩잖지만 생활비 좀 넉넉하게 벌겠다고 일거리 찾아 헤매는 곤궁한 노후는 원하는 바 아니다. 하지만 욕심을 줄이고 화를 삭이며 정신적 여유를 얻기 위해서는 차 마시는 일만큼 좋은 게 없다. 차를 하면 우선 소일하기 좋고 차 마시는 동안 이것저것 생각하며 삶에 대해 되돌아보고 정리하기에도 안성맞춤이다.

또 하나 관심 분야가 불교이다. 우리네 삶이 어디서 온 줄도 모르고 잠시 이 세상 인연으로 왔다가 또 어디로 가는지도 모르고 사라지는 아침이슬 같은 존재인 것을… 그 답을 마음 밖에서 찾을 수는 없겠으나 붓다의 가르침이 와닿은 바 있어 내 시에도 상당 부분 녹아 있다.

그러나 삶에 정답은 없다. 이 세상에 존재하는 모든 것은 그 자체가 존재 이유이고, 진실하다(頭頭是道 物物是眞). 그리하여 나는 부산의 자갈치나 바닷가 저잣거리 사람들의 무던한 삶을 좋아해 갯가 가까이서 여태 살았는지도 모른다.

거제 학동이나
부산 자갈치 또는
이름 없는 바닷가에는
닳고 닳아 두루뭉술한
돌과
사람이 산다

그 돌과 사람들
혼자 잘나지 않고
부대끼며 어울려 사느라
세파에 찔리고 찔러
무던해졌다

무던해진다는 것
아프면서 오래 참고 견디는 것

고승高僧의 사리처럼
생채기
안으로 안으로 아문 것

물을 떠날 수 없어
끝없이 밀려오고 쓸려가는 파도에
왁자지껄 몸 맡겨
차라리 편안하다

적당히 살아서는
결코 이를 수 없는 경지에
살아라! 살아라!
파도가 위무하고 있다

-「몽돌」 전문, 시집 『심심』

불교는 문자에 의존하지 않는다 한다. 하지만 피안으로 건너가려면 뗏목이 필요하듯 문자는 유용한 방편이다. 따라서 나는 활구活句를 빌려 짧은 시 작업에 쓰기도 한다. 일곱 번째 자비출판 시집 『심심』의 몇몇 시들이 그 예인데 가령 시 「色」은 본문이 "팔만대장경" 다섯 자이고, 그다음에 수록한 시 「팔만대장경」의 본문은 "空" 한 글자이며, 마지막 백여덟 번째 수록한 「당신의 시」는 시집을 읽는 독자의 몫이므로 내가 도저히 어찌 할 수 없어 본문을 비워놓았다. 하지만 이 작위적인 짧은 시를 읽는 독자들에게 보다 여유 있는 독해를 위해 같은 시집의 시 「짧은 시」 본문은 "오~래~/천, 천, 히/읽어야" 함을 기호를 빌려 적기도 했다.

끝으로 변방에서 시 쓰기를 남은 삶의 여유로 여기는 필자로서, 시를 인생의 전부로 아는 시인들에게 졸시 한 편 소개하며 글을 마친다.

물
무(無) ~ ㄹ
모양 없이 흘러
산에서는 산을 비추고
저자에서는 사람을 비추며
바다에 이르러 하늘을 비춘다

-「물」 전문, 시집 『바람소리 혹은 낚詩』

(〈시문학〉 2018년 11월호 수록)

짧은 시에 관하여

들어가며

문학이 언어를 매개로 하는 의사표시 수단이라면 양적인 측면에서 소설 > 수필 > 시 순으로 장르를 구분할 수 있다. 가장 짧은 형태의 장르로서 시는 또 내용별로는 서사시와 서정시로 나누고, 시대별로는 향가와 고려가요, 시조, 그리고 현대의 자유시로 대별할 수 있겠다.

우리 시문학사에서 형태적으로 가장 엄격한 정형성이 요구된 것은 아무래도 시조라 할 수 있다. 초, 중, 종장으로 나누어 3.4.3.4/3.4.3.4/3.5.4.3으로 자수를 구분하고 창唱으로까지 부를 수 있게 지었으나, 한글의 특성상 중국의 한시(5언 율시, 7언 절구)처럼 율격까지 표현하기 어려우나 음악성을 곁들인 가장 가까운 시 형태라 할 수 있다.*

동서를 막론하고 시를 거슬러 올라가면 음악과 연관이 있다. 중국의 고전인 〈시경〉은 공자가 항간에 떠돌던 노래 가운데 '사악한 내용이 아닌(思無邪)' 3백여 곡의 정악만을 골라 편찬한 것이고, 고대 그리스나 로마의 서정시는 릴릭스(lyrics)라고 하여 현

* 이 부분에 대해서는 강남주의 『시란 무엇인가』(태학사, 1999)에서 "시와 노래 말은 같은 형제" 등을 참조하기 바란다.

악기를 연주하며 부르는 노래를 의미했다.

고전적인 형태의 시들은 그러나 현대에 이르러 자수나 율격의 제한이 사라지면서 자연 음악과 거리가 멀어지고, 오로지 시어가 내포하고 있는 내용만으로 존재하게 됐으며 정형성의 해체는 자유시나 산문시 형태의 난해시로 발전하면서 점점 독자들과 괴리감이 생기게 됐다.

따라서 여기서는 시의 정형성 회복을 주장하고자 하는 것이 아니고, 다른 문학 장르와 가장 변별력이 있는 양적인 측면에서 '짧은 시'가 갖고 있는 특징들을 살펴봄으로써 현대시가 나아갈 바를 함께 고민해보고자 한다.*

짧은 시들의 흐름

시간 절약을 위해 인터넷 지식창에 '짧은 시'를 쳤더니 가장 눈에 먼저 띄는 시가 아래 시였다.

너에게 묻는다

-안도현(1961~)

연탄재 함부로 발로 차지 마라

* 이 부분에 대해 강남주는 앞서 인용한 책에서 "장시나 단시와 같이 시의 길이로 시를 구분 지으려 하는 것은 시를 이해하는 데 그렇게 큰 비중을 차지하지는 못한다."(221쪽)고 한다.

너는
누구에게 한번이라도 뜨거운 사람이었느냐

이 시는 몇 해 전 모 방송국 프로그램*에서 소개돼 젊은 네티즌들 사이에 잘 알려진 시로, 제목도 상당히 도전적이지만 연탄을 사용해본 적이 별로 없는 신세대 사이에 인기를 얻는 이유는 우선 짧은 형식 때문으로 풀이된다. 비록 싸늘하게 식어 소용도 없게 된 연탄재이지만 한때는 자신의 몸을 불태워 누군가의 몸을 데워준 연탄에 대한 고마움과 인간들의 이기적인 사랑을 단 석 줄의 시로 압축해 공감을 산 대표적인 시이다. 안도현은 또「인생」이란 제목의 짧은 시에서 **"밤에 전라선을 타보지 않은 자와/ 인생을 논하지 말라"**고 쓰고 있다. 이 시는 독일의 문호 괴테의 시 '눈물과 함께 빵을 먹어보지 않은 자'를 패러디한 느낌이 많이 드는 시이기는 하나 야간 완행열차를 타는 사람들의 면면에서 인생의 진정한 의미를 느껴보기를 강조하고 있다.

인터넷에 소개된 또 다른 시 한 편을 보자.

섬

-정현종(1939~)

그 사람들 사이에

* MBC '느낌표!'

섬이 있다.

그 섬에 가고 싶다.

망망대해 한가운데 떠 있는 외로운 섬이 아니라 닫혀 있는 사람들 사이에 존재하는 갈 수 없는 섬을 노래하고 있다. 앞서 안도현의 짧은 시가 직설적인 화법을 썼다면 이 시는 시어가 내포하고 있는 의미를 곱씹어 생각해봐야 다가갈 수 있는 간접화법을 쓰고 있다.

이 밖에 『세상에서 가장 짧은 시』라는 표제의 정성수(1945~)의 시(2009, 월간문학 시인선 143) 몇 편을 보자.

나

-「섬」 전문

긴 포옹
짧은 키스
오랜 이별

-「우리들의 사랑법」 전문

또 하나의 나

-「친구」 전문

옷

–「사람과 사람 사이」 전문

숲

–「사막의 끝」 전문

제목보다 시가 오히려 더 짧기도 한 정성수의 시들은 이해는 가지만 너무 작위적인 느낌을 지울 수 없다. 정성수는 '세상에서 가장 짧은 시'를 소개하는 이유로 "인터넷상에 올라오는 가감 없이 막 쓰는 글도, 출판되어 책으로 나오는 글도 **긴 것은 싫다**. 읽기 싫은 것보다 별거 아닌 것에 대해서 너저분하게 주저리주저리 이야기하는 것에 대한 반감" 때문이라고 밝히고 있다.

길고 지루하고 이해하기 어려운 기성의 시들로 인해 시를 멀리하는 요즈음 세대들의 한 단면을 볼 수 있다.

다음은 우리 시단에서 가장 다작 시인으로 알려진 고은(1933~)의 짧은 시들을 살펴보자.

내려갈 때 보았네/올라갈 때 보지 못한/그 꽃

다시 한번 폭발하고 싶어라/불바다이고 싶어라//한라산 백록담

구름 속 보름달이 나타난다/도둑놈이 화들짝 놀라
달아난다/개들이 놀라 짖어댄다

온종일 장마비 맞는 거미줄/너에게도 큰 시련이 있구나

소쩍새가 온몸으로 우는 동안/별들도 온몸으로 빛나고
있다/이런 세상에 내가 버젓이 누워잠을 청한다

옷깃 여며라/광주 이천 불구덩이 가마 속/그릇 하나
익어간다

여보 나 왔소/모진 겨울 다 갔소//아내 무덤이 조용히
웃는다

'고은 작은 시편'이란 부제가 붙은 시집 『순간의 꽃』(2001, 문학동네)에 실린 제목 없는 시들이다. 고은은 이 시집 발문에서 "나에게는 시무(詩巫)가 있어 여느 때는 멍청해 있다가 번개 쳐 무당 기운을 받으면 느닷없이 작두날 딛고 모진 춤을 추어야 하는지 모른다 (…) 그 순간들이 사물이나 현상 그리고 나 자신의 심성의 운율에 끊임없이 닿아오면서 어떤 해답을 지향한다 (…) 그럴 때의 직관은 그것이면 더 바랄 나위 없는 순진무구이다."라며 사물이나 현상을 순간 포착해 짧은 시로 풀어내는 직관의 힘

은 어떤 의도나 목적을 가지고 시 작업을 하는 것이 아니라 순수한 심성에 바탕을 두고 있음을 말하고 있다.

천天

-김규동(1923~)

규천圭天아, 나다 형이다.

함경북도가 고향인 시인은 한국전쟁 때 헤어진 가족들을 잊지 못해 고통과 눈물로 세월을 보내면서 특히 동생에 대한 그리움을 이 한 줄의 짧은 시로 압축해 표현했다.

사랑

사랑은 참나무에 부는 산바람인 양
내게 깃들어 잎이야 가지야고 뒤흔듭니다

위 시는 고대 그리스의 대표적인 여류시인 사포(BC 610년경)의 짧은 시로 사랑에 빠진 여심을 잘 표현하고 있다.

어머니 물레바퀴에 맘이 가질 않아요
손가락이 아프고, 입술이 메말라서요
오 당신이 저의 괴로움을 느끼신다면!

그러나 오 아무도 저같이는 느끼지 못할 거예요

–「어머니 물레바퀴에 맘이 가질 않아요」 전문*

사포의 서정성 짙은 현재 전하는 몇 안 되는 짧은 시 가운데 하나이지만 기원전 6세기 때나 지금이나 소녀의 감정 표현에는 조금도 차이를 느낄 수 없다.

귀

-장 콕도(1889~1963)

내 귀는 소라껍데기
그리운 바다의 물결소리여

영화감독에다 그림까지 그리는 등 다재다능한 이 시인의 시 가운데 한국 독자들에게 가장 잘 알려진 대표적인 짧은 시이다. 장 콕도의 가장 짧은 시는 "너무 길다(Too long)"(「뱀」 전문)가 전문인 시다.

그러나 짧은 시 반열에 드는 시 가운데 시인의 삶과 죽음이 가장 일치하면서 그의 묘비명으로 새겨진 라이너 마리아 릴케의 다음의 시를 한번 감상해보자.

---

* 김종길 역 『세계서정시선』(1964, 성문각)

장미, 오 순수한 모순이여

-릴케(1875~1926)

장미, 오 순수한 모순이여,
수많은 눈꺼풀 아래 누구의 잠도 아닌,
悅樂이여.

6월의 꽃인 장미꽃을 따다가 가시에 찔려 죽은 것으로 알려진 릴케는 사실은 백혈병에 걸려 고생하던 중 공교롭게도 장미 가시에 찔려 패혈증으로 죽자 그의 죽음을 보다 극적으로 만들기 위해 이 시를 묘비명에 새겼다 한다. 아름다운 꽃을 피우면서도 동시에 가시를 지닌 장미꽃의 모순성. 겹겹이 쌓인 장미꽃잎 속에 파묻혀 잠들고 싶은 시인의 마음이 이 시에 오롯이 녹아들어 있음을 알 수 있다.

팔만대장경 **色**

空 팔만대장경

필자의 최근 졸작 2편이다. 이 밖에 필자의 짧은 시작들은 최근 시집 『개망초꽃도 시가 될 줄이야』(2009)의 시평(이몽희 시인)과, 『바람소리 혹은 낚詩』(2012)의 시평(남송우 평론가)을 참고하시기 바란다.

일본 하이쿠의 경우

파리

-고바야시 잇사(小林一茶, 1763~1827)

때리지 말라
파리가 손 비비고
발을 비빈다

손 비비고 발 비비는 파리의 행위를 "때리지 말라"는 애원의 태도로 재치 있게 읽어낸 작품이다. 이 시인의 또 다른 작품으로 「저녁의 벚꽃」이란 작품을 보자. **"저녁의 벚꽃/오늘도 또 옛날이/되어버렸네"** 저녁이 되어 벚꽃도 이미 저녁 빛깔에 싸이게 되어 오늘이라는 하루도 또 옛날처럼 느껴지는 심사를 노래하고 있다. 결락缺落의 의식에 얽혀 있는 덧없음이나 아픔을 저녁 벚꽃이라는 소재를 통해 전달하고 있다.

이처럼 5 · 7 · 5의 17자로만 구성되는 하이쿠(俳句)는 일본 운문 문학사에서 와카(和歌) → 렌가(連歌) → 하이카이(俳諧)를 거쳐 완성된 매우 오래된 시가이다. 자수뿐 아니라 계절을 상징하는 계절어季節語가 있어야 하고, 시를 한꺼번에 읽어 내려가다 보면 의미 전달이 쉽지 않은데 이때 '~이여, ~로세, ~구나' 등 영탄이나 여운을 표현해 끊어주는 역할을 하는 '기레지(切字)'가 필수적이다.

일본의 대표적인 하이쿠 시인 마쓰오 바쇼(松尾芭蕉, 1644~1694)의 작품 몇 개를 통해 하이쿠의 절제되고 짧은 형식의 시의 묘미를 맛보자.

"장맛비 내려/두루미의 다리가/짧아졌느냐"(「장맛비」)

"뜨거운 해를/바다에 넣었구나/모가니(最上)강물"(「뜨거운 해」)

"오랜 연못에/개구리 뛰어드는/물소리 '텀벙'"(「개구리」)

"여행에 병드니/꿈에서 마른 벌판/헤매 다니네"(「마른 벌판」)*

마지막 작품은 바쇼가 집을 떠나 죽기 며칠 전에 남긴 것으로 나그네 시인 바쇼의 유작으로 무척이나 어울린다. 이 밖에 류시화가 엮은 『한 줄도 너무 길다』(이레)에서는 하이쿠의 대표적인 시로 **"이 숯도 한때는/흰 눈이 얹힌/나뭇가지였겠지"**(타다도모), **"이 미친 세상에서/미치지 않으려다/미쳐 버렸네"**(시메이), **"꽃잎 하나가 떨어지네/어, 다시 올라가네/나비였네"**(모리다케) 등등의 시를 소개하고 있다.

---

* 오석윤 옮김 『일본 하이쿠 선집』(책세상, 2007)

성창경의 '팔레트 시론' 또는 밀핵시론

가.

와.

봐.

해.

둬.

파.

써.

자.

펴.

꿔.

쏴.

매.

쳐.

서.

놔.

꺼.

켜.

까.

줘.

빼.

터.

따.

재.

짜.

껴.

펴.

대.

떠.

-「一字一行詩」 전문

성창경(1930~2013)의 이 시는 본문 아래 시작노트로 "내가 더러 시도해 보는 '요소시要素詩'의 일종으로서, 일자단행의 형태다. 행이 모두 순 우리말의 동사이며, 단화된 명령형이다. '가'는 '가라'의 뜻이고 '와'는 '오라'의 뜻이다. 이리하여 각 행의 뜻을 한자로 표시해보면, 往, 來, 見, 行, 藏, 掘, 書, 寢, 展, 夢, 射, 縛, 擊, 立, 置, 消, 照, 剝, 與, 除, 始, 取, 測, 織, 挿, 汲, 接, 去, 이렇게 될 것이다. 군더더기를 뺀 순우리말이 갖는 간결한 아름다움과 힘을 음미해 주었으면 한다."고 덧붙이며 "이 시작노트도 이 시의 구성요소임."을 밝히고 있다.

성창경은 시집 『논 위를 달리는 두 대의 그림자 버스』(문학세계사, 2005) 서문에서 "나는 평생 밀핵시密核詩를 추구해 왔다. 밀핵시란 시에서 의미의 밀도를 최대한으로 높이려는 시도다. 이것이 우리 시의 약점을 극복하는 길이라고 나는 믿고 있다. 밀핵시를 추구하는 과정에서 나온 것이 요소시, 일자일행시이며, 그 궁극의 형태가 일자시 일명 절대시다."고 말하고 있다.

그의 또 다른 일자일행시 「해」는 한국 최초로 "해/달/별/땅/빛/김/참/물/…"식으로 명사나 명사형 동사를 나열해서 한 자의 시를 모두 119행까지 이어가는 가장 긴 시를 쓰고 있다.

그러나 성창경 밀핵시의 압권은 한 글자로 된 제목과 본문 없이 여백을 남기고 아래 괄호 속에 해석을 단 「똥」과, 앞서 소개한 시집 마지막 시로 한 글자의 제목만 있는 「흙」이다.

그는 시 「똥」에서 "이 시도 일자시다. '똥' 한 글자에서 시의 제목도 내용도 다 들어 있다. 요소시의 추구에서 일자일행 시가 나오고, 거기에서 또 일자시가 나왔다. 일자시에는 절대시라는 이름이 맞겠다. 세상에 이 이상의 절대시가 또 있을 수 있겠는가. 굵고 긴 똥자루 하나가 '사윗감으로 최고다' 뚝 떨어진다. 똥은 땅과 울림의 맥이 통한다."고 말한다.

그는 시집 발문에서 '우주율宇宙律'을 언급하며 거창한 뜻이 아니라 "운문의 장중함과 산문이 갖는 정밀한 표현의 기능"을 가진 문체라고 설명하면서 "새 정서를 담기 위해서는 표현상의 '새털'이 필요"했다며 "시의 규모, 크기, 길이에 비해서 많은 의미를 담"을 밀핵시를 '의미의 다이아몬드', '의미의 라듐'으로 명명하고 있다.

이 밖에 "사랑/슬기/사람/이슬/염통/기름/가슴/…/즈믄"으로 끝나는 2자 1행 22행의 시 「사랑」을 두고 '사랑' '슬기' '사람' '이슬' 따위의 낱말 모두가 깊은 뜻과 향기를 지닌 '보옥 같은 우리말'임에도 시 안에 들어가면 서로 생기를 주고받아 더욱 빛나는 것이 아니라, 오히려 서로 죽인다고 주장한다. 이 때문에 그림 그릴 때 물감을 짜서 차례로 팔레트에 늘어놓으면 모든 색이 살아서 아름답게 빛나듯이 시어도 "낱말을 서투르게 꿰매어 누더기를 만들 것이 아니라 본래 청정한 우리말을 있는 그대로 모아서 시의 자리에 앉히는" '팔레트시론'을 주창한다.

끝으로 성창경은 글자 하나가 동시에 시의 제목이자 시의 내용인 「흙」을 절대시로 명명한 것에 대해 시에서 은유의 구실이 중요하다며 "일자시의 경우 한 글자의 낱말이 은유의 한 쪽 항項이라면 그 한 글자를 둘러싸고 있는 넓은 백지의 여백이 또 하나의 항을 맡게 됨"으로 '흙=백지'의 은유적 관계가 성립되며 이런 관계를 놓고 독자들은 시 「흙」에 대해 자유로운 상상의 날개를 펼 수 있다고 강조한다.

마무리

우리 시가문학의 역사가 비록 오래됐지만 세월이 흐르면서 장르의 특성이 일본 시가문학처럼 계승발전이 이뤄지지 않았고 운율은커녕 시조처럼 자수의 정형성도 제대로 유지되지 못한 채 자유시로 넘어가고 말았다. 시조문학 쪽이 아직 시조의 기본 틀을 유지하기 위해 노력하고 있지만 자유시 쪽은 외형상 최소한 갖춰야 할 함축含蓄(reserve 또는 압축 dichtung)*미美나 긴장감이 결

---

* 시에서 함축이 중시된 배경에는 "시문 등에서 뜻을 다 드러내지 않아 음미할 가치가 있는 것"이라는 사전적 정의 외에도 언어의 한계에 대한 인식에서 출

여돼 있고 의미 전달에 있어 은유나 비유 등 메타포(metaphor)의 지적 장치도 미흡한 시들이 양산되면서 독자들과 거리가 점점 멀어지고 있다.

바쁜 세상에 살고 있는 독자들은 앞서 인터넷에서 인용한 바 있는 "별 거 아닌 것에 대해서 너저분하게 주저리주저리 이야기하는 것에 대한 반감"으로 시로부터 점점 멀어지거나 시를 제대로 읽지 않고 있는 것이다. 그럼에도 우리 주변에서는 여전히 자기 기분에 도취돼 아무렇지도 않게 시를 쓰는 시인들도 있다.

문덕수 선생도 필자의 네 번째 시집 출판기념식 초청강연*에서 "이 땅에 시인은 많으나 제대로 형식을 갖춘 시를 쓰는 시인은 드물다"고 한탄한 바 있다.

이상개 시인은 최근 한 신문 칼럼에서 "70년대 전후만 해도 시인은 귀하고 시도 귀했는데 어느새 시인도 시도 넘쳐나고 있다. 많은 것이 좋은 점도 있으나 그렇지 못할 때가 문제다. 말하자면 양보다 질이 문제가 된다. 좋은 시 쓸 생각은 않고 가당찮게 시인으로 행세하면서 너스레를 떨어대니 '악화가 양화를 몰아낸다'는 그레샴의 법칙이 그대로 맞아 떨어진다."고 지적하고 있다.**

발한다. 당나라 말엽 시인 사공도(837~908)의 저작으로 알려진 『이십사시품』의 압권인 '함축'에서 "한 글자도 쓰지 않고 풍류를 모조리 표현한다"는 말은 언어도단의 불교적 표현에서 나온 것으로 최소한의 언어로 최상의 단계를 나타내야 함을 강조한 것이다.(『궁극의 시학』, 안대회 지음, 문학동네, 2013 참조)

* 2005년 4월 29일 『나무는 상처를 드러내며 자란다』출판기념식, 서면 영광도서

** 부산일보 2010. 2. 22 20면 '예비시인들에게'

부록 1

인터뷰 '작가를 만나다'

보도 현장의 날카로운 눈으로 詩를 담는 시인 장동범 국장

이현숙

스산한 바람 불고
콧물 훔치면서 출근해
서류 정리하랴, 편집하랴,
결재하랴, 기사 다시 고치랴…

-시 「관심」 부분

여름을 준비하려는 듯 봄비가 며칠째 내렸다. 구물구물 다시 하늘이 흐려지고 바람이 분다.

초록의 잎들이 더 짙어진 도시의 가로수 틈 사이를 지나 시인을 만나러 간다. (대구) 신천동에 위치한 KBS 보도국 책상 위에 널린 자료들이 낯설지 않음을 느끼며 『수촌의 산』의 주인을 국장실에서 만났다.

장동범 시인은 전화에서 느꼈던 정다움을 그대로 갖고 있었다. 생생한 현장을 보도하는 뉴스가 주는 표면 위의 날카로움은 그이에게서 찾아볼 수 없었다는 것이 그를 만난 첫인상이다. 보도국의 장동범 국장이 아닌 시를 쓰는 남자 장동범의 시의 세계를 들여다보기로 한다.

그의 문학적 출발은 대학 시절부터이다. 치열한 문학도로 캠퍼스에서 문명을 날렸다고 할 정도였다니 그가 가진 문학에 대한 애착은 짐작하고도 남을 법하다.

장동범 시인이 세 번째 시집 『수촌의 산』을 13년 만에 펴냈다. 이미 등단 이전 1986년 처녀시집인 『야인기野人記』와 1989년 두 번째 시집 『와선기臥禪記』를 문단에 내놓은 상태이니 99년 〈시문학〉으로 등단한 늦깎이 시인이라고는 하지만 그의 시에서는 좀체로 서툰 색깔을 찾아볼 수가 없다. 80년 초 기자 생활에서 느꼈던 삶들과 현재에 이르기까지 하나둘 모아두었던 그의 내면을 각색 없이 그대로 담아낸 것이기에 『수촌의 산』이 알몸을 드러낸 것이라 하겠다. 그 사이 장 시인은 육체적 나이 지천명知天命과 시력詩歷 30년을 넘겼다. "수더분하게 살아라"는 뜻으로 가끔 가는 절의 수안殊眼 스님이 지어준 수촌壽村이라는 호처럼 그의 시에서는 수더분한 촌 시인의 말맛이 살아있다. 시인의 고향은 경남 마산이다. 스스로 그의 어릴 적 고향은 이쁜 동네였다고 말한다. 오염되지 않은 말간 하늘이 있고 비릿한 바다 내음이 가슴을 적셔주던 고향이었다. 그리고 제2의 고향인, 현재 그의 가족이 살고 있는 부산도 그에게 시를 쓰는 일에 적잖은 감성의 영향을 준 곳이기도 하다. 80년 초 신문사 기자생활 당시 암울하고 어려웠던 사회의 얼굴과 자신의 파파했던 심경을 대신했던 시들이 『수촌의 산』에 묻혀있기도 하다.

비바람 속에서도
베갯잇 사이로 스며드는
귀뚜라미 소리

지상의 행복을 꿈꾸다
잠을 뒤척인다

천둥, 번개조차 땅의 일
뜬구름 같은 하늘의 조화
내 알지 못한다

질척이는 비 소리에
객지에 떠도는 이
고향의 따뜻한 아랫목 생각하고
명리明利에 밝은 이
이불 속으로 빠져들리

물에 떠내려가고, 가뭄에 목마르고
지진에 깔리고, 불에 타죽고,
흙더미에 파묻히고
밀레니엄 운운하는 새 기풍에도

세상살이 풍상 여전하네

보다 큰 지혜 있어
살얼음 같은 세상 스쳐가라

–시 「세상살이」 전문

“복잡한 세상살이 등지고 산을 찾다 보면 산은 언제나 그 자리에 있다. 높거나 낮거나 멀거나 가깝거나 풍요로우면 풍요로운 대로, 잎을 떨구고 가난하면 가난한 대로 오랜 세월 산은 묵묵히 자리를 지키고 있다.” 『수촌의 산』 서문처럼 그는 휴일이면 가끔 산을 찾는다. 산을 오르다 보면 자신의 내면과 진실한 대화를 나눌 수 있고 그 속에서 자아를 찾기도 하지만 모든 사물과 세상을 객관적으로 바라볼 수 있는 자연의 힘을 얻기 때문이기도 하다. 그러한 내면의 성찰을 통해 몸 언어라 할 수 있는 시를 풀어내는 것이 장 시인의 시법이 아닐까라는 생각이다.

가까운 산자락
꿋꿋한 소나무들 시립받으며
바람늬에 하늘머리 흔든다

빠듯한 노정에
편한 길 없건만
트인 바닷가 무덤들

한가롭게 누워있다

푹신한 갈비에 주저앉아
다리 쉼 하면서
새삼 삶이 고맙게 느껴짐에
실패한 인생 없으리

때 까치 울음에
솔방울 툭 떨어진다

그렇다!
자연은 더러움을 타지 않는다

-시 「가까운 산 2」 전문

시인은 자연을 시의 어머니라고 표현했다. 지천명의 나이를 지나면서 그가 자연을 통해 얻은 시상들은 순리다. 정확하고 날카로운 눈을 가져야 하는 방송국 보도국장의 저 밑 가슴 한켠에 시리게 남아있는 현실의 고단함을 조금씩 치유해주는 바람, 공기, 나무, 돌멩이, 하늘 등 명약인 자연의 맑음을 그는 누구보다도 좋아한 것 같다. 그의 시들을 읽어보면 미화하거나 과장된 부분은 극히 드물다. 현실의 있는 그대로를 표현했고 도시인의 답답하고 바쁜 일상을 자연 속에서 조금은 털어내려고 했던 것을 볼 수 있다.

오랜 그리움인 듯
잘 다져진 흙 길
타박타박 걸어 오르면
잘 왔다 반색하는 무량수전無量壽殿

배흘림 기둥에 기대서서
소백산 줄기줄기 바라보면
하기사 의상 이후 남아 있는
스님 없겠다

부석사에 가면 돌도 뜨고
선묘善妙 낭자의 마음도 들떠

호방하고 유쾌한 기상에
해우소解憂所 똥도 한참만에
똥– 하고 떨어지네

한 계단, 한 계단
속세로 내려서면
마음먹기에 따라
극락은 늘 가까이 있네

–시 「부석사에 가면」 전문

지금까지 250여 편의 시를 쓴 그는 요즘도 매일 시를 옮기는 일을 게을리하지 않는다. 하루의 일과를 정리하는 늦은 오후나 이른 아침 또는 주말이면 가족이 있는 부산으로 내려가는 기차역에서 사람들의 모습을 읽는다. 기차역의 수많은 사람들과 낯설지 않은 사회의 풍경들은 그의 시심을 부추기는 좋은 시 선생들인 셈이다. 그는 늘 메모하는 습관을 갖고 있다. 아무리 컴퓨터가 생활화되어 있다 하더라도 그는 아직도 원고지에 글을 옮긴다. 몇 번을 원고지에 적어 내려가다 보면 새로운 단어와 당시의 감정들이 다시 살아나기 때문이란다. 다기능으로 무장한 TV가 있고 한 차원 더 업그레이드된 컴퓨터가 온 세상 사람들의 눈과 귀를 유혹하고 있어도 우리가 사라지지 않는 시라는 존재를 사모하는 까닭은 순수의 모습으로 돌아갈 수 있는 시라는 아름다운 언어가 살아있기 때문일 것이다. 자신에게만큼은 엄격한 문학인으로 남고 싶다는 시인의 말처럼 그가 앞으로도 그려낼 시들이 펄펄 살아 조급증을 느끼며 사는 현대인들의 가슴에 맑은 우물 하나 만들어주기를 바란다.

문득 옛 고향집 하늘 열리고
지지배배-지지배배-꽈르륵
꽈리 부는 제비 떼
동심원 그린다

다시 하늘 보니
활강하는 제비들 간곳없고
비 내리는 창가에
중년 사내 하나
후줄근히 비 맞고 섰다

-시 「그리운 제비」 부분

제비가 가져다 준 것은 '흥부의 박씨'와 같은 행복의 원천, 여기서는 '옛 고향집 하늘'이다. 제비는 단절상태인 시인과 옛 고향집을 연결해 준 매체였다. 제비가 사라지자 시인은 다시 근원으로부터 단절된 일상의 자신으로 돌아왔다. 고향, 즉 노쇠로부터 젊음을, 소멸로부터 출발을, 죽음으로부터 재생을 되찾아주는 생명의 본원이다. 이곳으로부터의 거리가 멀어질수록 삶은 고달프고 힘들어진다. 그러므로 시인은 시를 하나의 제의로 하여 본원으로 회귀하고자 하는 간절한 소망을 주술한다.

내리는 빗줄기에
어머니 무릎에 안겨
'나무꾼과 붉은 초가 낙수'
귀 후비며 듣는다

화성 어디라 했나
얼음계곡 아래 화석 고기

시원의 물 찾아

빗소리 들렸으면 어약청천魚躍晴天

너는 한 마리 은빛 물고기

-시 「장마」 부분

이 시에서의 은빛 물고기는 시인 자신일 것이고 '이 세상이 모두 물로 덮였을 때의 흙냄새'로 비유된 대지와, 화성에 있다는 '시원의 물'은 이 시대 인간이 거슬러 갈 수 있는 가장 먼 생명의 본향일 것이다. 그리고 '어머니 무릎'은 유년 시절의 고향에 대한 보편적인 비유가 될 것이다.

-해설/이몽희(시인 · 부산경상대 교수)

* 취재 후기

장동범 국장이 KBS 부산방송총국 부장을 거쳐 대구에 부임한 지 5개월 남짓하다. 방송국 보도국장 얼굴과 외모를 얼른 떠올릴라 치면 매섭고 차가울 것 같은 장년의 얼굴을 먼저 연상할 것이다. 그러나 장동범 국장은 정말 수더분하기 그지 없었던 넉넉한 웃음을 가진 맘씨 좋은 이웃집 아저씨 같았다. 특히 대구 사투리와 흡사한 경남 사투리가 그를 더 없이 좋은 아저씨로 느끼게 했는지도 모른다. 대구 사람들의 은근한 정을 좋아한다고 말하는 그가 대구에 얼마나 머물지는 모르겠지만 제3의 고향으로 여길 만한 따뜻한 일들이 많아지기를 바란다. 봄 장마가 한차례 물러간 뒤라 그런지 5월인데도 바람이 차갑다.

(월간 〈일하는 멋〉, 2002년 6월호 게재)

부록 2

『학림문향鶴林文香』* 수록 시편

*『학림문향鶴林文香』: 마산고등학교 개교 80주년 기념문집, 2016

3월 어느 날

쌍계사 뒤란에도
봄바람 이네

동백꽃 머리
툭툭 떨어져
피범벅 이루네

수급들 수북이 쌓여
팔상전 금당 육조 혜능 정상
빙긋이 웃네

섬진강 포구에 교두보 확보한
봄, 물밀 듯 밀려와
화개장터 일대 민가
매화에 포위되고
가까스로 벚꽃들만
산기슭으로 피했네

불일폭포 오르는 길
숨이 턱에 찰 즈음
노루목 산장에
먼저 온 산수유
노란 깃발 흔드네

(1999. 6, 월간 〈시문학〉 등단작)

한잔 술이나 할까

갑자기 이 세상이 벽으로 보이면
푸념으로 한잔 술이나 할까

먼지와 바람, 감정, 분노 같은 것도
털어버리고 한잔 술이나 할까

귀걸이 코걸이
아침에 삶(生) 저녁에 사(死)

그렇게 생각해도 내 한 몸
먼지와 바람으로 날려갈까

벽 같은 세상 마주보고 살면
내 마음도 벽 같아질까

푸념도 분노도 아닌
한잔 술이나 마시고
웃고 살면 되는 걸까

귀걸이 코걸이
약한 자 슬픈 자만 남아
한잔 술이나 할까

(1986, 첫 번째 시집 『야인기』 수록)

고향 바다

파도가 날 눈 뜨게 하는
낮은 언덕
소나무 사이에 보이는
호수같이 갇힌 바다

그 속에서 떠나
한 10년을 지난 어느 날
돌아가 잔디에 누우니
호수같이 갇힌 바다가
가슴을 열고
날 본다

(1989, 두 번째 시집 『와선기』 수록)

향을 사르며

그리운 마음 모아
향을 사른다

난마처럼 얽힌 심사
굽이굽이 펴
나를 사른다

빛바랜 동무들의 얼굴
혹은 가까운 이들의 죽음
잊은 것일까, 잊힌 것일까

그리움이란 정작
보편성의 상실인 것을

아려오는 슬픔에
넋을 놓다가
그만 수직의 고리 놓치다

(2002, 세 번째 시집『수촌의 산』수록)

열목어

속이 훤히 보이는 맑은 물에서도
두 눈 부릅뜸인가?

시리도록 찬 물에서도
두 눈 부릅뜸인가?

세상의 청정을 지키는
너의 두 눈은 뜨겁다

(2005, 네 번째 시집 『나무는 상처를 드러내며 자란다』 수록)

개망초꽃도 시가 될 줄이야

내 사무실 화장실 문에는
언제부턴가 삶의 편린처럼
조그마한 시들이 나부끼기 시작했다

몸이 거부한 어제의 찌꺼기를
애써 내보내기 시작할 무렵
눈에 들어온 시 하나
"살과 살이 맞닿는다는 것은"*

문득 사랑을 찾아 방황하던
마산 부림동 시장 안의 주막이
주마등처럼 세월을 거슬러 올라왔다

순진무구의 껑충한 이선관 시인도
부모 기일에 하릴없이 흐르는 물에
풀잎 한 장 띄워 보낸 현재호 화백도

---

* 이선관 시인의 시

연좌제에 묶여 평생을 술로 삭힌 정진업 시인도
게 그림만 그리다가 쓸쓸히 떠난 최운 선생도
가난한 예술가들의 술과 밥이던 이영자 여사도
망각의 강을 건너왔다

추억은 죽음의 순서도 없이 삼삼오오 주막에 모여
칠판에 삐뚤삐뚤 쓴
이 여사의 개망초꽃에 관한 시를
지우고 고쳐 쓰며
히죽 히죽 웃고들 있다

그곳에는 문화 불모지의 부재증명도
개망초의 하얀 꽃잎이 하고 있었고
막걸리, 시락국 한 사발에
서로 바라만 보아도 선한 눈들이 행복했다

다시 이선관, 정진업, 현재호, 최운...
그리고 개망초 꽃잎들은 낙엽으로 떨어져
내 가슴에 차곡차곡 쌓여
거부할 수 없는 회한으로 되돌아온다

아, 개망초꽃도 시가 될 줄이야!

(2009, 다섯 번째 시집 『개망초꽃도 시가 될 줄이야』 수록)

바람소리

빗소리라
아니, 바람소리라
키 큰 빗자루 물구나무 선
미루나무 잎새
밤새 바람 쓰는 소리

(2012, 여섯 번째 시집『바람소리 혹은 낚詩』수록)

약력

수촌 장동범 칠순 흔적

1952.3	경남 마산시 남성동에서 노동자의 셋째 아들로 태어남
1965.2	마산 성호초등학교 졸업
1968.2	마산중학교 졸업
1971.2	마산고등학교 졸업
1971.3	부산대학교 문리대 국문과 입학, 대학방송국(PUBS) 기자, 〈교양학예〉 2집 편집장, 부산대 총학생회 학예부장 직대 겸 교지 〈효원〉 16집 편집장 역임
1975.8	육군 일병 제대(보충역 필)
1976.8	부산대학교 문리대 국문과 졸업, 중등 2급 정교사(국어과) 자격 취득
1976.7	중앙일보 · 동양방송(TBC) 기자로 사회 첫발
1979.12	서동원과 결혼해 1남(중환) 1녀(양희) 둠
1980.12	전두환 신군부에 의한 언론 통폐합으로 KBS로 옮김
1990.4	KBS 방송민주화투쟁 부산지역 비대위원장으로 47일간 파업 이끌었음

1992.6~1993.8	전국언론노동조합연맹 사무처장(선출직) 역임
1993.2	부산외국어대학교 교육대학원 국어교육과 졸업(교육학 석사)
2007.8	경성대학교 멀티미디어대학원 언론홍보학과 졸업(언론학 석사)
2010.3	KBS 부산방송총국 심의위원에서 퇴직(KBS 부산, 창원, 대구에서 기자, 부장, 보도국장 거쳐 KBS 울산방송국장 역임)

주요 경력

1999.6	월간 〈시문학〉 우수신인상으로 시인 등단
2008.3~2013.2	부산외국어대학교 영상미디어학과 겸임교수 및 초빙교수 역임
2013.3~2015.2	경성대 언론홍보학과 초빙교수 역임
2011~2014	KBS 부산방송총국 시청자 위원 역임
현재	한국시문학문인회, 부산시문학시인회, 부산문인협회 회원

수상

1991.8	한국기자협회 기자상(공로 부문) 수상
2017.12	한국시문학문인회 제14회 '푸른시학상' 수상

저서

시집	『야인기』(1986, 영신) 『와선기』(1989, 열린소리) 『수촌의 산』(2002, 말씀) 『나무는 상처를 드러내며 자란다』(2005, 시문학사) 『개망초꽃도 시가 될 줄이야』(2009, 전망) 『바람소리 혹은 낚詩』(2012, 맑은소리 맑은나라) 『심심』(2017, 두손컴)
공동시집	『오후 다섯 詩의 풍경』(2021, 산지니)
칼럼집	『촌기자의 곧은 소리』(2010, 산지니)
논문	「한국 현대시에 나타난 패러디 연구」(1993, 부산외대 석사 논문) 「부산지역 방송뉴스의 보도실태에 관한 연구」(2007, 경성대 석사 논문)

나절로 인생

초판 1쇄 발행 2021년 5월 18일

지은이 장동범
펴낸이 강수걸
편집장 권경옥
편집 박정은 윤은미 강나래 최예빈 김리연 신지은
디자인 권문경 조은비
경영지원 공여진
펴낸곳 산지니
등록 2005년 2월 7일 제333-3370000251002005000001호
주소 부산시 해운대구 수영강변대로 140 BCC 613호
전화 051-504-7070 | 팩스 051-507-7543
홈페이지 www.sanzinibook.com
전자우편 sanzini@sanzinibook.com
블로그 http://sanzinibook.tistory.com

ISBN 978-89-6545-726-8 03810